《蘇州全書》編纂出版委員會 編

·吳都文粹

蘇州全書

甲編

古吳軒出版社
蘇州大學出版社

吳都文粹卷第六

宋　蘇臺鄭虎臣　集編

〇吳中水利考
僑書大畧
郟僑

浙西昔有營田司自唐至錢氏時其來源去委悉有隄防堰閘之制旁分其支脈之流不使溢聚以為腹内畎畝之患是以錢氏百年間歲多豐稔唯長興中一遭水耳既納土之後至于今日其患方劇盖由端拱中轉運使喬惟岳不究隄岸堰閘之制與夫溝洫畎澮之利姑務便于轉漕舟楫一切毀之初則故道猶存尚可尋繹

今則去古既久莫知其利害田之局又謂閒司冗職既以罷廢則隄防之法疏決之理無以攷據水害無已至乾興天禧之間朝廷岀遣使者與修水利遠來之人不識三吴地勢高下與夫水源來歷及前人營田之利皆失舊聞受命而來耻于空還不過遽採愚農道路之言以為得計但以目前之見為長久之策指常熟崑山枕江之地為可導諸港而決之江開福山茜涇等十餘浦殊不知古人建立隄堰所以防太湖泛溢渰没腹内良田今若就東北諸渚決水入江是導湖水經由腹内之

田瀰漫盈溢然後入海所以浩渺之勢常逆行而瀦于
蘇之長洲常熟崑山常之宜興武進湖之烏程歸安秀
之華亭嘉禾民田悉已被害然後方及北江東海之港
浦又以水勢之方出于港浦復為潮勢所抑回所以皆聚于
太湖四郡之境當潦歲積水而上源不絕瀰漫不可治
也此足以驗開東北諸渚為謬論矣又況太湖蓋積十
縣之水一水自江南諸郡而下出嶺阪重複間當其霖
潦積貯溪澗奔湍迤邐而至長塘湖又潤州之金壇延
陵丹陽丹徒諸邑皆有山源并會于宜興以入太湖一

水自杭陸宣歙山源與天目等山衆流而下杭之臨安
餘杭及湖之安吉武康長興以入太湖即古所謂震澤
也昔禹治水凡以三江決此一湖之水今則二江已絶
惟吴松一江存焉疏洩之道既隘于昔又為權豪侵占
植以菰蒲蘿葦又于吴江之南築為石塘以障太湖東
流之勢又于江之中流多置罾簖以遏水勢是致吴江
不能吞來源之瀚漫日淤月澱下流淺狹迨元符初遽
漲潮沙半為平地積雨滋久十縣山源併溢太湖當蘇
湖常秀之間陂堰浦港悉皆瀰漫四郡之民惴惴然有

為魚之患凝望廣野千里一白少有風勢駕浪動輒数
尺雖有中高不易之地積已成寔頃刻蕩盡此吳民畏
風甚于畏雨也吳松古江故道深廣可敵千浦向之積
潦尚或壅滯議者但以開数十浦為策而不知臨江濵
海地勢高仰徒勞無益愚今者所究治水之利必先于
江寧治水陽江銀林江等五堰骵勢故迹決于西江潤
州治丹陽練湖相視大崗尋究函管水道決于北海
常州治宜興隔湖沙子淹及江陰港浦入北海以望亭
堰分屬蘇州以絕常州輕廢之患如此則西北之水不

入太湖爲害矣又于蘇州治諸邑限水之制鬬吴江之南石塘多置橋梁以决太湖會于青龍華亭而入海仍開浚吴松江官司以鄰郡上户熟田例斂錢粮于農事之隙和雇工役以漸鬬之其諸江湖風濤爲患之處並築爲石塘及于彭滙與諸湖瀼等處尋究昔有江港自南涇北以漸築爲隄岸所在陂淹築爲水堰秀州治華亭海鹽港浦仍體究枯湖澱山湖等處尋究民户有田高壤障遏水勢而疏决不行者並與開通達諸港浦杭州迂長河堰以宣歙杭睦等山源决于浙江如此則

東南之水不入太湖爲害矣此前所謂旁分其支脈之
流不爲腹内畎畝之患者此也水爲東南患其來久矣
敵其端者大抵二說一則以導青龍江開三十浦爲說
一則以使植利户浚涇浜作圩垾爲說是二者各得其
一偏未容俱是何以言之若止于導江開浦則必無近
効若止于浚涇作垾則難以禦暴流要當合二者之說
相爲首尾乃盡其善但施行先後自有次第耳必不能
得已欲兩者兼行以規近效亦有其說若欲決蘇州湖
州之水莫若先開崑山縣之茜涇浦使水東入于大海

開崑山之新安浦顧浦使水南入于松江開常熟之許浦梅里浦使水北入于楊子江復浚常州無錫縣界之望亭堰俾蘇州管轄謹其開閉以遏常潤之水則蘇州等水患可漸息而民田可治矣若欲決常州潤州之水則莫若決無錫縣之五卸堰使水趍于楊子江則常州等水患可漸息而民田可治矣世之言水利者非不知此然開浦未久而汙泥尋塞決堰未多而良田被害何也蓋雖知置堰閘以防江潮而不知浚流以洩沙漲故有堙塞之患雖知決五卸堰水而不知築堤以障民田

故有飄溺之虞且復一于開浦決堰而不知勸民作圩垾浚涇浜以治田是以不問有水無水之年蘇湖常秀之田不治十常五六愚故曰要當合二者之説相為首尾則可盡其善某所乞開崑山常熟縣之茜涇等浦必置堰閘者且以茜涇浦在蘇州之東南去海止二十里洩水甚徑然其地浸高比之蘇州及崑山縣地形不啻丈餘而往年開此浦者但為具文所開不過三四尺一二尺而已又且於以地面為丈尺而不知以水面為丈尺不問高下而自其淺深欲水之東注不可得也水既不東

注兼又浦口不置堰閘賺入潮沙無上流水勢可冲遂致浦塞愚故乞開茜涇等浦須置堰閘所以外防潮之漲沙也或聞范叅政仲淹葉内翰清臣昔年開茜涇等浦亦皆有閘但無官司管轄而豪强者保利于所得不時啟閉遂致廢壞鄉人往往能道其事若推究而行之則所開之浦可久而無弊某所乞復常州無錫縣界之望亭堰閘俾蘇州管轄者蓋以常潤之地比蘇州爲差高而蘇州之東勢接海岸其地亦高蘇州介于西高之間故每遇大水西則爲常潤之水所注東則爲大海岸

道所障其水瀦蓄無緣通泄若不令蘇州管轄望亭堰
閘則無復有防遏之理故愚先乞開茜涇寺浦以決水
有東流之便次乞謹守望亭閘俾水無西冲之憂既望
亭之西自有五卸堰以決水徑入于北江若使常潤之
水決下此堰則不唯少舒蘇州之水勢而常潤之水亦
自可以就近順流而入于江矣其所乞決常州無錫縣
界之五卸堰使水北入于揚子江者此堰決水其勢甚
徑往者官吏非不施行然決堰未多而民田已沒何也
蓋止知決堰而不知預築堰下民田之隄岸以防水勢

故也五卸地形與民田相去幾及丈餘平居小雨即溢
堰而過已有浸溺之憂今直欲決去其堰使諸路之水
舉自此而出又不曾高其民田圩岸以為隄防則決堰
未多而民田已没某嘗論天下之水以十分率之自淮
南而北五分由九河入海書所謂同為逆河入于海是
也自淮而南五分由三江入海書所謂三江既入震澤
底定是也而三江所決之水其源甚大由宣歙而來至
于浙界合常潤諸州之水鍾于震澤震澤之大幾四萬
頃導其水而入海止三江尔三江已不得見今止松江

又復淺汙不能通泄且復百姓便于已私于松江古河之外多開溝港故上流日出之水不能徑入于海支分派別自三十餘浦北入吴都界內即先父比部水利奏申所謂向欲導諸江者復南而北矣雖于崑山常熟两縣開導河浦修築圩岸然上流不息諸水輻輳或風濤間作或洪雨繼至所開河浦必皆壅滯所築圩岸必遭冲蕩盖沿江北岸三十餘浦唯鹽鐵一塘可直瀉水北入揚子江外其餘皆連接江湖河瀼合而為一非徒無益爲害大矣今乞措置一面開導河浦即便相度松江

諸浦除盐鉄塘及大浦開導置閘外其餘小河一切並
為大堰或設水竇以防江水即吴松江水徑入東海而
吴之河浦不為賊水所壅諸縣圩岸亦免風濤所破某
聞錢氏循漢唐法自吴江縣沿江而東至于海又沿海
而北至于揚子江又沿江而西至于常州江陰界一河
一浦皆有堰閘所以賊水不入久無患害嘗攷漢晉隋
唐以來地理志今之平江乃古吴郡至隋平陳始置蘇
州漢時封境甚濶隋開皇中始移于横山下唐貞觀中
復徙于闔閭舊城而又湖州隋時仁壽中于蘇州之烏

程縣分置秀州乃五代晉時吴越王以蘇之嘉興縣分
置所謂錢塘毗陵在古皆吴之屬邑以地勢卑下沿江
邊海有為隄岸以防遏水勢如唐志所載秀州之海鹽
令李諤開古涇三百有一而又稱去縣西北六十里有
漢塘太和中再開疑即僑今所謂開鹽鐵塘以洩吴松
江水者也又載杭州之餘杭令歸某築甬道高廣徑直
百餘里以禦水患又載杭州鹽官縣亦有捍海塘隄二
百十四里即知古人治平江之水不專于河而築隄以
遏水亦兼行之矣故為今之策莫若先究上源水勢而

築吴松両岸塘隄不惟水不北入于蘇亦且南不入于秀両州之田廼可墾治今之言治水者不知根源始謂欲去水患須開吴松江殊不知開吴松江而不築両岸堤塘則所導上源之水輻輳而来適爲二州之患盖江水溢入南北溝浦而不能徑趍于海故也倘效漢唐以来隄塘之法修築吴松江岸則去水之患已十九矣震澤之大才三萬六千餘頃而平江五縣積水幾四萬頃然非若太湖之深廣瀰漫一區也分在五縣遠接民田亦有高下之異浅深之殊非皆積水不可治也但與田

相通極目無際所以風濤一作迴環四合無非水者既非全積之水亦有可治之田瀦瀉之餘其淺淤者皆可修治永為良田况五縣積水中所謂湖瀼陂淹若湖則有澱山湖練湖陽城湖巴湖昆湖承湖尚湖石湖沙湖瀼則有大泗瀼斜塘瀼江家瀼百家瀼鰻鯉瀼蕩則有龍墩蕩任周蕩傀儡蕩白坊蕩黄天蕩雁長蕩淹則有光福淹尹山淹施墟淹諸墩淹金涇淹明社淹僅三十餘所雖水勢相接略無限隔然其間深者不過三四尺淺者一二尺而已今乞措置深者如練湖大作隄防以匱其

水復于隄防四旁設為斗門水瀨即大水之年足以瀦蓄湖瀼之水使不與外水相通而水田圩埂無冲激之患大旱之年可以決斗門水瀨以浸灌民田而旱田溝洫有車畎（一作畎畞）之利其餘若斜塘瀼大泗瀼百家瀼之類深不過三四尺淺止一二尺而已本是民田皆可相視分勸人戶借貸錢粮修築圩埂開導涇浜即前所謂湖瀼三十餘處往往可治者過半矣某聞江南有萬春圩吴有陳滿塘皆積水之地今悉治為良田坐收苗賦以助國用郟氏再世有水利之學雖不能為必可行然用心甚專為說甚詳故錄之以備論議者之參稽焉

曺既沒其子將仕郎僑又嗣葺其説因歳事亦有所建明今亦録其大畧

三十六浦利害

平江逐縣地形水勢利害各不相侔盖浙西六州之地平江最爲低下六州之水注入太湖太湖之水流入松江接青龍江東入于海而平江之地勢自南直北至常熟縣之半自東至崑山縣地西南之半水與太湖松江水面相平皆是諸州所聚之水泛濫其中平江之地雖下于諸州而瀕海之地特高于他處謂之堽身堽身之西又與常州地形相等東西與北三面勢若盤盂積水南入注乎其中所以自古沿海環江開鑿港浦者藉此

疏導積中之水由是以觀則開治港浦不可不先也港浦既已浚則必講經久不湮塞之法今瀕海之田惧鹹潮之害皆作堰壩以隔海潮裹水不得疏外沙日以積此崑山諸港浦堙塞之由也堤身之民每闕雨則恐裡水之減不給灌溉悉為堰壩以止流水臨江之民每遇潮至則于浦身開鑿小港以供己用亦為堰斷以留餘潮此常熟諸浦堙塞之由也法當置閘然後可以限水之內外可以隨潮而啟閉浦既已開閘既已置而太湖松江之水與積水為一派沉沒民田者一遇風作則高

浪萬頃愈洩愈来縱使諸浦瀉之洩之涓々而来之浩々當
斯之時障之不得疏之不可為之計者若莫順其性而
狹其流乃為上策所謂上策者大築圩岸高固民田而
已如此則積水日削衆浦日耗矣大抵三說一曰開治
港浦二曰置閘啟閉三曰築岸裹田三者缺一不可又
各有先後緩急之序其開浦篇曰高田引以灌溉低田
導以決泄者浦也古人大小縱橫設為港浦若經緯然
按圖于舊得九十處或名港浦或名涇浜或謂之塘或
謂之漕以詢究古跡得其為利之大者三十六浦區為

三等上等工大而利溥在前所先也中等工費可減上等三之二下等閘于上中之間或自大浦而分枝別派工料之數又少損焉其置閘篇曰瀕海臨江之地形勢高仰古來港浦盡于地勢高處淤澱若一旦頓議開通地里遥遠未易施力以拒鹹潮今于三十六浦中尋究得古曾置閘者才四浦惟慶安福山兩閘尚存餘皆廢棄故基尚存古人置閘本畨經久但以失之近裏未免易堙治水莫急于開浦開浦莫急于置閘置閘莫利于近外若置閘而又近外則有五利焉江海之潮日兩漲

落潮上灌浦則浦水倒流潮落浦深則浦水湍瀉遠地積水早潮退定方得徐流幾至浦口則晚潮復上元未流入江海又與潮俱還積水與潮相為往来何緣減退今開浦置閘潮上則閉潮退則啟外水無自以入裡水日得以出一利也外水不入則泥沙不淤于閘内使港浦常得通利免于堙塞二利也瀕海之地仰浦水以灌溉高田每苦醎潮多作堰斷若决之使通則害苗稼若築之使塞則障積水今置閘啟閉水有洩而無入閘内之地盡獲稼穡之利三利也置閘必近于外去江海止

可三五里使閘外之浦日有澄沙淤積假令歲時浚治地里不遠易爲工力四利也港浦既已深闊積水既已通流則泛海浮江貨船木筏或遇風作得以入口住泊或欲住賣得以歸市出卸官司遂可以閘爲限拘收税課以助國計五利也復有二説崑山諸浦通徹東海沙濃而潮鹹當先置閘而後開浦一也閘之側各開月河以堰爲限遇閘閉小舟不阻往來二也築圩篇曰天下之地膏腴莫美于水田水田利倍莫盛于平江緣平江水田以低爲勝昔之賦入多出于低鄉今低鄉之田爲積

水浸没十已八九當時田圩未壞水有限隔風不成波
今田圩殆盡水通為一遇東南風則太湖松江與崑山
積水盡奔常熟遇西北風則常熟之水東赴者亦然正
如盛盂中水隨風往来未嘗停息嘗陟崑山與常熟之
巔四顧水與天接父老皆曰水底十五年前皆良田也
今若不築圩岸圍裹民田車畝以取水底之田是棄良
田以與水也况平江之地低于諸州惟高大圩岸方能
與諸州地形相應昔人築圩裹田非謂得以播植也將
恃此以狭水之所居耳崑山去城七十里通往来者至

和塘也常熟去城一百五里通往来者常熟塘也二塘為風浪沖激塘岸漫滅往来者動輒守風往、有風浪之虞是皆積水之害今若開浦置閘之後先自南鄉大築圩岸圍裹低田使位、相接以禦風濤以狹水源治之上也修作至和常熟二塘之岸以限絶東西往来之水治之次也凡積水之田盡令修築圩岸使水無所容治之終也昨聞凞寧四年大水衆田皆没獨長洲尤甚崑山陳新顧晏陶湛數家之圩高大了無水患稻麥両熟此亦築岸之驗目今積水之中有力人户間能作小塍岸圍裹已田禾稼無虞蓋積水本不深而圩岸皆可築但民頻年重困無力為之必官司借貸錢穀集植利之衆併工戮力督以必成或十畝或二十畝地之中棄一畝取土為岸所取之田令衆户均價償之其借貸錢穀官為置籍責以三年六限隨税輸還此治積水成始成終之策若其當開之浦則崑山常熟共三十六浦除常熟之許浦及白茆福山三浦見今深濶水勢通快不須開治惟三十三浦崑山十有二謂掘浦下張浦七丫浦茜涇浦楊林浦六鶴浦顧涇浦川沙浦五岳浦蔡浦浪

港浦常熟二十有一謂黄泗浦奚浦西陳浦東陳浦水門浦崔浦耿涇浦魚磾浦鄔溝浦尾浦塘浦高浦金涇浦石撞浦陸河浦北浦甘草浦千步涇司馬涇金涇錢涇黄鶯漕皆積久不浚當分為三等開修

○政和六年四月　御筆訪問平江府三十六浦自古置閘隨潮啟閉歲久堙塞遂致積年為患仰莊徽差户曹趙霖具逐浦經久利害破驛券遞馬赴尚書省指說徽郡守也霖既上其說是歲九月奉　御筆差趙霖充兩浙提舉常平前去本路措置興修積水其開浦

置閘工料依元相度檢計逐漸開治更不候報明先
次施行去農隙月分不遠趙霖更不引見上殿疾速
發赴新任水患甚久占壓良田甚多一方受弊應有
前後違碍並依今来指揮合用錢米併辟官置司等
令趙霖速具畫一聞奏章疏並入急遞于入內內侍
省投進仍着童師敏充承受奏報文字霖既受任復
條其事目以聞悉依　御筆遣者以違　御筆論諸
路監司州縣如有稽慢闕悞以違制論其合用錢米
越州鑑湖封樁米撥支十萬石借支本路諸州常平

本錢十萬貫如鈌則以常平米及常平封樁錢貼支
併降空名度牒二千道給賣承信承節將仕郎官誥
各五十道其命詞並以興修水利為名各立價值將
合用工料召有力户備錢米官為募夫監部開修候
畢工計寔用錢米維直給誥或給空名許令變賣並
與免勘合有無違碍書填仍不作進納出身就平江
置局所奏辟官不拘常制直牒捐差理為在任日月
不許辭免内選人考第舉官合格水利職事未畢未
得赴部磨勘依方田官法就任改官幹當公事文武

官各四員准備差遣檢踏官共四員所用材料木植
耑辟使臣三員分往淮南江南路及溫處等州収買
并辟置監轄造堰閘官依散錢粮巡視催促檢覈工
料點校醫藥飯食等官員其差辟官屬其間有才吏
理須旌別以示奬勸特于提舉常平司嵗舉官数外
改官從事郎一員縣令二員武臣陞陟一員積水之
地正在崑山常熟兩縣各權暫添差縣丞一員令来
開修平江諸浦緣常湖秀等州水勢會聚以成積水
據所役人夫先于平江府諸縣催募如鈌即分那下

常湖秀州催募霖以宣和元年正月二十一日役夫
興工前後修過一江一港四浦五十八瀆修築常熟
塘岸一條隨岸開塘至宣和二年八月初十日罷華
亭縣青龍江自白鶴滙開修至艾祁塘口長十三里
面濶十五丈底濶九丈深一丈二尺通役一十一萬
二千八百餘工江陰縣黄田港自𢶡桂橋開修至港
口閘長二十里有奇面濶六丈五尺底濶三丈深七
尺通役亦萬四千八百工崑山縣茜涇浦自太倉塘
至斂口開修至青墩坊北長三十四里有奇面濶八

丈底濶四丈八尺深七尺通役三十一萬工掘浦自
上源開修接至練祁塘長十二里有竒面濶三丈底
濶二丈四尺深三尺五寸通役二萬三千五百餘工
常熟縣崔浦自陳家莊開修至雉浦塘口出梅里塘
長二十三里有竒面濶八丈底濶四丈八尺深七尺
通役二十一萬四千七百餘工黄泗浦連小山浦開
修至湖口長七十里有竒面濶八丈底濶四丈八尺
深七尺通役十二萬六千九百餘工宜興縣開修百
瀆五十八條長六十二里十七丈面濶二丈五尺至

一丈底濶一丈七尺至九尺各深五尺通役十萬一千一百餘工築常熟塘岸一條長六十二里有奇其已築岸一萬三百七十五丈通役三十二萬九千八百餘工未了一千一百五十九丈常熟縣界岸長四千七百三十一丈已築三千五百七十二丈通役三萬二百餘工未了一千一百五十九丈長洲縣界岸長六千八百三丈並已築了通役十九萬九千六百餘工隨岸開淘府塘一條長九千一百五十丈紐五十里有奇面濶八丈底濶五丈深八尺通役六十四

萬一千二百餘工宣和元年十月四日御筆訪聞平江府常熟縣常湖秀州華亭泖並可為田仰趙霖相度措置召租限一年了當其便民利害畝籍歲入以聞霖又應詔為之修圍常湖通役二十四萬七千九百餘工修築錢涇口至藕蕩村大岸長五百八十二丈脚濶一丈五尺面濶一丈二尺高六尺開修張墓塘北徹小山浦長五百四十二丈面濶六丈底濶四丈深六尺開修山塘涇自小山浦至本縣市河長二千八百十一丈面濶六丈底濶四丈深六尺開修顏家

涇徹入小山浦長一千二百七丈面濶三丈底濶一
丈五尺深七尺䟽造小山浦口啟閘洩放水勢㪷門
二所又圍裏華亭泖通役八萬三千七百六十五工
楊泖中心開河三條共長九百四十八丈各濶十丈
水深三尺隨河兩畔築岸高濶六尺顧亭泖心開十
字河共長一千五百二十九丈五尺濶七尺水深四
尺隨河兩畔築岸高濶各六尺至七尺及開陸家港
小河長二百丈濶四丈水深三尺築岸高濶六尺宣
和二年八月十一日詔止罷役勾收人吏送平江府

古獄根磨錢物通支錢四十一萬五千八百五十三
貫九百二十一文係度牒官誥坊場市易抵當等名
色十九種馬

○表薦陸胤　　華覈

天姿聰朗明才通行潔昔歷選曹在州十餘年內無粉黛
附珠之妾家無文甲犀象之珍

○陸胤字敬宗凱之弟天姿通朗才高行潔太子和聞
其名待以殊禮坐和下獄楚毒備至終無他詞出為
交州刺史安南校尉夷人服其恩信交城肅清就加

安南将軍永安元年徵為西陵督封都亭侯後轉左
虎書丞華覈表薦胤曰胤云云後召為西陵督封都
亭侯華覈以為宜股肱王室寵以上司則天工修而
庶績熙矣胤卒子式嗣

○○表薦陸禕　　前　人

体質方幹器宇强固董率之才過于魯肅在戎果毅臨
財有節

○陸禕孫皓時為将軍父凱亡入為太子中庶子

○○詔陸玩

體道清純雅量洪遠歷位内外風績顯著

○陸玩字士瑤器量淹雅弱冠有美名嘗詣王導食酪因而得疾與導牋曰僕雖吳人幾為傖鬼其輕易權貴如此詔曰玩云云代王導等為司空翼亮累世以洪重為人主所貴性通雅不以名位格物誘納後進謙若布衣縉紳皆蔭其德宇薨謚曰康子訥嗣

○○辭召表　顧歡

湯武得勢師道則祚延秦項忽道任勢則身戮夫天門開闔自古有之四氣相新絺裘代進今火澤易位三靈

改憲天樹明德對時育物是以窮谷愚夫敢露蠢管謹
删撰老氏献治綱一卷伏願稽古百王不以芻蕘棄言
不以人微廢道臣自足雲霞不須禄養陛下既遠見尋
求敢不盡言〻既盡矣請從此退

○顧歡字景怡郡人聰敏好學母亡廬墓次遂隱不仕
開館聚徒受業者嘗近百人太祖輔政召為揚州主
簿遣中使迎歡及踐祚乃至歡稱山谷臣顧歡上表
云〻武帝永明元年詔徵為太學博士同郡顧黯為
散騎郎俱不就

○○孔稚珪陸澄虞悰沈約等薦杜京産

竊見吳郡杜京産潔靜為心謙虛成性通和發于天挺敏達表于自然學遍玄儒博通史子流連文藝沉吟道、奧奉初朝請掛冠辭世遯捨家業隐于太平葺宇窮巖採芝幽澗耦耕自足薪歌有餘確爾不群淡然寡欲麻衣藿食二十餘載雖古之志士何以加之謂宜釋巾幽谷結組登朝則巖谷含歡薜蘿起抃矣

○杜京産　郡人少恬靜無意名利郡召主簿州辟從事皆稱疾去除奉朝請亦不就永明十年孔稚珪等表

薦云云不報建武初徵為員外散騎郎京產曰莊生
持鈎豈為白璧所回辭疾不就

○○詔史德義　　　　武后

蘇州隱士史德義志尚虛玄素履真確謙冲彰于閭閈
孝友表于閨庭固辭徵辟長往嚴陵之瀨多謝簪裾高
蹈愚公之谷風操可知啟沃攸佇特宜優獎委以諫曹

○史德義崑山人咸亨初隱居武丘山以琴書自適或
騎牛帶瓢出入郊郭東市號為逸人高宗聞其名召
赴洛陽尋稱疾歸公卿皆賦詩餞別德義亦以詩留

贈其文甚美天授初江南道宣勞使周興表薦則天、
徵赴都詔曰云云授諫議大夫後放歸丘壑

○○翰林盛事　朱佐日

白日依山盡黄河入海流欲窮千里目更上一層楼

○朱佐日郡人兩登制科三為御史子承慶年十六登
秀才科代濟其美天后嘗吟詩云云問是誰作李僑
對曰御史朱佐日詩也賜綵百尺轉侍御史承慶嘗
為昭陵挽辭入高等由是父子齊名

○○挽章　方子通

吴郡聲名顧與張龍門當日共昇堂青衫始見登華省
丹旐俄聞入故鄉含淚孤兒生面垢斷腸慈母滿頭霜
可憐十載人間事不及南柯一夢長
○張僅字幾道顧棠字叔思皆客于王荆公〻作三經
義二人與焉僅至著作佐郎卒子通作輓極哀楚誦
者爲出涕吴人因目方挽詩云

8温公詩話　丁偃

白虎前芳掩金華旧事軒天心非不寤垂意在蒼生〻
○偃蘊州進士試邇英延講藝詩云〻有古詩諷諫之

體偃是歲奏名甚高御前下第自是二十年始及第

○○絶句　　　　　　　　蔣堂

歸來身隱太湖濵天與扶持百歲人雖是浮雲隔双闕丹心愛戴在君親

○蔣堂字希魯本冝興人徙于蘇祥符五年進士任侍御史論禁中火冝責躬修德不必歸咎宫人郭后廢堂極論不可出為淮南發運使薦部吏二百員累遷樞密直學士歷知應天河中府洪杭益蘓州後十二年再守蘇遂謝事以礼部侍郎致仕家于靈芝坊堂

為人修潔遇事不少屈好學工文詞延譽晚進至老不倦卒年七十五有吳門集二十卷其絶筆詩云云忠厚之氣始終如此

○○范文正公真贊　　閻灝

英英如神屹屹如山仁義道德溢于穎間大忠皐夔元功方召以贊中樞以尊清廟佑我仁祖格于皇天是肅是虔不傾不蹇維慶有祠邦民瞻思慶山可夷茲堂巍巍

○范仲淹字希文事具歐陽文忠公所撰神道碑及國

史傳其畧云皇祐四年五月甲子資政殿學士尚書户部侍郎汝南文正公薨于徐州五代之際世家蘇州生二歲而孤母再適長山朱氏仍其姓始名說既長知其世家感泣去之南都入學五年大通六經為文章論說必本仁義舉進士礼部選第一中乙科始歸迎其母以養少有大節其于富貴貧賤毀譽歡戚不一動其心而慨然有志于天下嘗自誦曰士當先天下之憂而憂後天下之樂而樂也其事上遇人一以自信不擇利害為趨舍天聖中為秘閣校理以言

事忤章獻太后旨通判河中府召拜左司諫上疏請
還政天子及郭皇后廢率諫官御史伏閤諫又揖宰
相留百官廷爭不能得貶知睦州徙蘇州〻地濱震
澤田多水募游手疏五河導積水入海興作未就徙
明州轉運使言仲淹治水有績願留以畢其役詔復
知蘇州召還拜天章閣待制益論時政得失知開封
府治有聲取古今治亂安危為上開說又為百官圖
以獻宰相呂夷簡怒交論上前落職知饒州徙潤越
州趙元昊反河西為陝西經畧安撫招討副使又為

懷慶路經畧安撫招討使兵馬都部署為將務治正
持重不急近功小利待將吏必使畏法而愛已所得
賜賚皆以上意分賜諸將諸蕃質子縱其出入無一
人逝者蕃酋來見召之卧内屏人徹衞與語不疑居
二歲士勇邊實恩信大洽遂決策謀取橫山復靈武
而元昊數遣使稱臣請和上亦召之歸慶曆三年為
樞密副使數月為叅知政事每進見必以太平責之
再賜手詔趣使條天下事又開天章閣召見賜坐授
以紙筆使疏于前退而條列時所宜先者十數事上

之僥倖之人皆不便因相與騰口而嫉之者亦幸外
有言喜為之左右會邊奏有警即請行乃以為河東
陝西宣撫使即拜資政殿學士知邠州兼陝西四路
安撫使其知政事才六歲而罷有司悉奏罷前所施
行而復其故言者遂以危事中之賴上察其忠不聽
是時夏人已稱臣因以疾請鄧州守鄧州三歲求知
杭州又徙青州公益病又求知潁州肩舁至徐遂不
起年六十有四贈兵部尚書謚文正御篆其碑曰褒
賢之碑為人外和内剛樂善汎愛喪其母時尚貧終

身非賓客食不重肉臨財好施意豁如也及退而視其私妻子僅給衣食其為政所至民多立祠畫像其行己臨事自山林處士閭邑田里之人外至夷狄莫不知其名字而樂道其事焉長子純祐少有大志早卒純仁純礼純粹皆名世

〇〇

延賓佳話唐宋遺史　范纁

掃葉隨風便澆花趁日陰
閒雲生不雨病葉落非秋

〇范纁唐末人吴處士有子七歲能咏詩贈隱者云云、

處士方干聞之曰此兒他日必垂名又吟夏日詩云
云干曰惜哉不享壽果十歲而卒

○○詠懷　范周

一瓢有道泰山重五鼎不義鴻毛輕

○范周字無外文正公姪孫賛善純祐之子負才不羈
工詩詞無意榮達安貧自樂未嘗折屈于人所居號
范家園所賦詩甚多時出傑句如詠懷云云其氣概
肆兀類如此

○○送李璋應舉　王安石

湖海青衣二十年尚随鄉試已華顛
學如吾子何憂失命在天公不可猜
○李瑋吴人居盤門有不羇之才荆公甚愛之嘗有詩
送瑋應舉云云及下第又云云瑋後改名玖以累本
補官孫益亦登科紹興間任監察御史
○○晋張林妻徐氏者按張林碑　　前人
夫人姓徐吴郡人柔惠清慎中和聖善婦德既備母道
亦踐志厲氷玉厥德丕顯靡〻其操翼〻其仁明景内
映朗節外新共嬍風邁淑謹其身

○○太湖石賦并序　陳洙

客有嗜太湖石者畫其形示余命為賦其詞曰
江之東直走数百里有太湖兮澄其清湖之浪相擊幾
千年有頑石兮醜其形徒觀夫風撼根折波流勢横神
助爾怪天分尒美駭立驚犀低開畫屏素烟散而復聚
蒼苔死兮又生譬夫枯槎浮天黑龍飲水鬼蹲無狀雲
飛乍起稚戲携手獸眠盤尾大若防風之骨竅如比干
之心蚕房萬穿秋山半尋子都之戟前其鄒韓棱之劍
利于鑄若迺湖水無邊湖天一色露氣曉蒸蟾津夜滴

伊爾堅姿峭兮寒碧千怪萬狀盖難得而剖悉吾將弔范蠡于澤畔問伍員于波際原君厥初何緣而異公侯求之如張華之求珠衆人獻之如卞和之獻玉植于庭圍視之不足噫爾形擁腫兮難琢明堂之礎尔形中虚兮難刻鴻都之經用汝作礪兮汝碩厥姿攻汝爲磬兮汝獨其聲亡所用之而時人是宝余獨掩口盧胡而笑予之醜

〇〇太湖採石賦　程俱

建中靖國元年以修奉景靈西室下吴興吴郡採太湖

石四千六百枚而吴郡寔採于包山某獲目睍奇之産謹為賦云吴吏採石于包山也洞庭鄉三老趋而進揖而言曰惟古渾〻物全其天金藏于穴珠安于淵機械既發剖蚌椎礦不翼而飛無脛而騁剗山探海皆世之競迺若畾媪贅瘤則為山岳茂艸木于毛膚包嶄岩于骨骼與黿鼉其無間何於焉而是索今使者窺複穴蕩沉沙捜奇礓于洞脚刷或作剷巧埶于丘阿呼霆匠以運斤指陽侯使息波臨江山之崿〻續劍閣之峩〻莫能剔山骨㧞雲根真女砬立伏虎晝奔督郵攘袂以相睨令史臨江而抗尊雖不遺于盥沃豈有恨于苔痕嗟

主人之不見侶羊牧之猶存何一拳之足取咲九仞之徒勤既而山户蛾集篙師雲屯輸萬金之重載走千里于通津使山以為骨則土將圮使玉以為璞則山將貧煮粮之客嘆終年之無飽談玄之老持一法其誰論嘗聞不為無益則用之所以足惟土物愛則民之所以淳怪斯取之安用非野夫之樂聞敢請使者吏呼而語曰醯鷄不可以語天蟪蛄不可與論年矧齊侯之讀書豈輪人之得言三老曰極治之世樵夫笑而談王道至聖之門鄙夫問而竭兩端野人固願知之對曰土德光大

孝通神明闡原廟之制妥在天之靈以謂物不盛則礼
不備意不盡則享不精故金瑰琛琲天不秘其宝楩楠
梗梓地不愛其生而青州之奇怪猶未足于充庭故于
此乎取之耳鑿太行之石英採穀城之文石以起景陽
于芳林者魏明之侈陋也菲衣惡食卑宮室以致美乎
祭祀者夏禹之勤儉也上方戒後苑之作緩文思之程
亦敦樸以正始盡情文而事神此固上意之難名者矣
抑嘗聞之西有未夷之羌北有久驕之虜頋蹀血之未
艾乍游魂而送死方将不頓一戈不馳一羽殄醜類于

煙埃瞰幽荒于掌股庋黄石之斯在倘素書之可遇抑又聞之三德雖修不遺指佞之草萬國雖和猶泰觸邪之獸盖邪佞之蠹心猶膏肓之自腠惟屬鏤之無知頎尚方之奚捄故將鑄采石以為劍凜豎毛于佞首若是則在邉無汗馬之勞在廷無履霜之咎也抑又聞之堯不能無九年之災湯不能無七年之旱雖陰陽之或盭豈閑縱之可緩故將放鞭石于冝都田雨暘于暌眄抑又聞之扶耒之子有土不毛抱甓之老有茅不薅冨者侈而貧者惰游者逸而居者勞雖齊導之有素奈狡兎

吴都文粹　三十　卷六

而是逃故將取嘉石以列坐平罷民于外郊柳又聞之日不蔽則明川不淤則清聽之廣者視必遠基之固者室不傾方披旒而出黈俾伐鼓而揚旌蓋蕭墻之戒坐遠于千里朽索之馭益危于薄氷矧四者之無告尤聖人之所矜故將盡九山之赤石達萬寓之窮民三老悚然而起曰聖化蓋至此乎吏曰此猶未也若其造化掌中宇宙胸次彌綸兩儀而執天衡爕理二氣而襲虙母與包羲之媧所以引日星之針縷方將煉五色以補天育萬物于一府既無謝于襄城之師又何驚于藐姑之

處吾亦與汝飲陰陽之和而游萬物之祖矣又何帝力
之有哉三老稽首再拜曰鄙朴之人聾瞽其知鹿豕其
遊窮億妄議迺命知之

太湖石記

白居易

古之達人皆有所嗜玄晏先生嗜書嵇中散嗜琴靖節
先生嗜酒今丞相奇章公嗜石石無文無聲無臭無味
與三物不同而公嗜之何也衆皆怪之余獨知之昔故
友李生名約有云苟適吾意其用則多誠哉是言適意
而已公之所嗜可知之矣公爲司徒保釐河洛治家無

珍產奉身無長物惟東城置一第南郭營一墅精葺宮
宇慎擇賓客道不苟合居常寡徒游息之時與石為伍
石有徒聚太湖為甲羅浮天竺之徒次焉公之所嗜者
甲也先是公之寮吏多鎮守江湖知公之心唯石是好
迺鈎深致遠獻瓌納奇四五年間纍纍而至公于此物
獨不廉讓東第南墅列而置之富哉石乎厥狀非一有
盤拗秀出如靈丘仙雲者有端嚴挺立如真官神人者
有縝潤削成如圭瓚者有廉稜銳劌如劍戟者又有如
虬如鳳若跧若動將翔將踴如鬼如獸若行若驟將攫

将闘者風烈雨晦之夕洞穴開嵦若欲雲歕雲巖巖然有可望而畏之者烟霧景麗之旦岩嶀霮䨴若拂嵐扑黛靄靄然有可狎而玩之者昏曉之交名状不可撮要而言則三山五岳百洞千壑覼縷簇縮盡在其中百仭一拳千里一瞬坐而得之此所以為公適意之用也嘗與公廹觀熟察相顧而言豈造物者有意于其間乎将胚渾凝結偶然而成功乎然而自一成不变已来不知幾千萬年或委海隅或淪湖底高者僅数仭重者殆千鈞一旦不鞭而来無脛而至争奇騁怪為公眼中之物公又待

之如賓友親之如賢哲重之如宝玉愛之如兒孫不知
精意有所召耶將尤物有所歸耶孰為而來必有以也
石有大小其類四等以甲乙丙丁品之每品有上中下各
刻于石之陰曰牛氏石甲之上丙之中丁之下噫是石
也百千載後散在天壤之内轉徙隱見誰復知之欲使
將來與我全好者覩斯石覽斯文知公嗜石之自會昌
三年五月丁丑記

題太湖石詩并序　牛僧孺

李蘇州遺太湖石奇狀絶倫因題二十韵奉呈夢得烏

天具詩曰

胫渾何時結嵌空此日成掀蹲龍虎鬪恢怪鬼神驚帯雨新氷浄輕敲碎玉鳴撩乂鋒刃簇纓絡釣絲縈近水揺竒冷依松助瀋清通身鱗甲隐透穴洞天明醜凸隂胡凖深凹刻兕饞雷風疑欲変陰黑詎將行喋瘮微寒早輪囷數片横地祗愁墊壓鼇足困支撐珍重姑藴守相憐懶慢情爲探湖底物不怕浪中鯨利涉餘千里山河僅百程池塘初展見金玉自風輕側眩魂滋悚周覌意漸平似逢三益友如對十年兄王去声興添魔力消煩

破宿酲娩人當綺皓視秩即公卿南朝有司空石蓋念之
以定石之品流
此園林宝還須別識精詩仙有劉白為汝数逢迎

和題姑蘇所寄太湖石兼寄李蘇州　劉禹錫

震澤生奇石沉潛得地靈初辭水府出猶帶龍宮腥發自江湖國来榮卿相庭從風夏雲勢上漢古槎形拂拭魚鱗見鏗鏘玉韵聆烟波含宿润苔蘚助新青嵌穴胡雛皃纖鋩蟲篆銘孱顏傲林薄飛動向雷霆煩熱近還散餘酲見便醒凡禽不敢息浮壒莫能停静稱垂松盖鮮宜映鶴翎忘憂常目擊素尚与心冥眇小欺湘燕團

圓笑落星徒然想融結安可測年齡採取詢鄉耋搜求按旧經
垂釣入空隙隔浪動晶瑩有獲人争賀歡謡衆共聽一州驚閲宝千里
遠揚聆覩物洛陽陌懷人吴郡亭寄言垂天翼早晚起滄溟
○○　奉和思黯相公以李蘓州所寄太湖石奇狀絶倫因
題二十韵見示兼呈夢得　白居易
錯落復崔巍蒼然玉一堆峯駢仙掌出罅折劍門開峭峭
頂高危矣蟠根下壯哉精神欺竹樹氣色壓亭臺隱起
磷磷狀凝成瑟瑟胚廉能露鋒刃清越叩瓊瑰岌嶪形
將動巍峩勢欲摧奇應潛鬼怪靈合蓄風雷黛潤沾新

雨斑明帯古苔未曾棲鳥鵲不肯染塵埃尖削琅玕笋
窪剜瑪瑙罍海神移碣石画障簇天台在此為尤物于
人負逸才渡江千筏載入洛五丁推出處雖無意升沉
亦有媒拔從水府底置向相庭隈對稱吟詩句看宜把
酒杯終隨金礪用不學玉山頹䟽傳心偏愛園公眼屢
迴共嗟無此分虗管太湖来
遠望老嵯峨近覌怪嶔崟才高八九尺勢若千萬尋嵌
空華陽洞重叠匡山岑邈矣仙掌逈呀然劍門深形質
貫今古氣色通晴陰未秋已瑟〻欲雨先沉〻天姿信

為異時用非所任磨刀不如礪擣帛不如砧何乃主人
意重之如萬金豈伊造物者獨能知我心
烟翠三秋色波濤萬古痕削成青玉片截斷碧雲根風
氣通岩穴苔痕護洞門三峯具體小應是華山孫

太湖石　　皮日休

茲山有石岸抵浪如受屠雪陣千萬戰蘚岩高下刓乃
是天詭怪信非人工夫六丁云下取難甚網珊瑚厥狀
復何若鬼工不可圖或拳若虺蜴或蹲如虎貙連絡若
鉤鏁重疊如萼跗或若巨人骼或如天帝符胮肛篔簹

筍格礫琅玕株　斷處露海眼移來和沙鬚求之煩耄倪
載之勞軸轤通筴一以眗貴却驪龍珠厚賜以睬臚遠
去窮京都五侯土山下要尔添岊嶅賞玩若称意爵禄
行斯湏筍有王佐士崛起于太湖試問欲西笑得如茲

石無

陸龜蒙

他山豈無石厥狀皆可薦端然遇良工坐使天質变或
裁基棟宇礧砢成廣殿或剖出温瑜精光具華瑱或将
破仇敵百礮資苦戰或用鏡功名萬古如會面令之洞

庭者一以非此選槎牙真不材反作天下彥所奇者嵌
空所尚者葱蒨旁穿森洞穴内窾均環釧刻削九琳窓
玲瓏五明扇嶄新琱碧霞段旋剖秋天片無力置池塘臨、
風只流眄

太湖石　　胡宿

海岱鉛松妄得名洞庭山腳失寒瓊漱成一朵孤雲勢
費盡千年白浪聲誰向机邊逢織女直疑岩下見初平
年來賞物多成病日遠蒼苔幾遍行

○太湖石出洞庭西山以生水中者為貴石在水中歲

久為波濤所冲撞皆成嵌空石面鱗〻作靨名彈窩
實水痕也没人縋下鑿取極不易得石性温潤奇巧
扣之鏗然作鐘磬聲自唐以来貴之其在山上者名
旱石亦奇巧枯而不潤不甚貴重白居易品定牛僧孺
家諸石以太湖石為甲宣和五年郡人朱勔造巨艦
載太湖石一塊入京師以千人舁進是日役夫各賜
銀椀并官其四僕皆承節郎及金帶勔遂為威遠軍
節度使而封石為盤固侯勔誅餘小石未献者畄郡
西河西傍悉歸張循王家比年士大夫好石者多山
中人始以旱石加斧鑿作玲瓏意又刓石面膚作彈

以題都堂

窩紋銜不識者或得善價其非巧石但青白玉質可作碑碣及甃砌階戺者則出湖中之黿山瑩潔可鑑堅潤如金玉亦天下之冠 程俱所賦者是也

○○白雲泉　白居易

天平山上白雲泉雲自無心水自閑何必奔冲下山去更添波浪向人間

白雲泉　范仲淹

靈泉在天平狂波不能侵神蛟穴其中渴虎不敢臨靜照涵秋碧泓然一勺深游潤勝雲飛散作三日霖天造

豈無意神化安可尋挹之如醍醐盡得清凉心聞之異
絲竹不含哀樂音月明群籟息涓涓度前林子晋罷雲
笙伯牙収玉琴徘徊不擬去復發滄浪吟逝去充湯崴
盈盈長若今萬里江海源千秋松桂陰兹焉如有價比
斗量黄金

白雲泉　錢藻

白雲岩静最深隈泉溜泓溶石竇開宿霧不生澄曉月
殘風輕漾蟄寒雷源從天漢星邊落流自鼇峰海上回
莫謂無心事奔注曾隨霖雨下山来

薦白雲泉書與范文正公　陳純臣

前進士陳純臣謹才書獻于知府司諫閣下純臣聞仁知之性各有所樂蓋得之中而後寓之外也在昔仲尼登泰山曾點浴沂水聖賢之于寓亦已遠矣粤自剖判融結其中傑然若高岳巨浸不待標異固已聳動人耳目不幸出于窮幽之地必有名世君子發揮善價所以會稽平湖非賀知章不顯丹陽舊井非劉伯初不振惟胥臺古郡直西不三十里有山曰天平山之中有泉曰白雲山高而深泉潔而清倘逍遥中人覽寂寞外景忽

焉而来洒然忘懷碾北苑之一旗煮并州之新火可以
醉陸羽之心激盧仝之思然後知康谷之英惠山之靈
不足多尚天宝中白樂天出麾吾鄉爱貴清泚嘗以小
詩咏題後之作者以樂天寄諷雖遠而有所未盡是使
品第泉目者寂、無聞蒙莊有云重言十七今言而十、
有七為天下之信非閣下而誰欤恭惟閣下性得泉之
醇才猶泉之濬仁稟泉之湧知體泉之動靄是四雅鍾
于一德又豈吝陽春之辭以發揮善價純臣先人松櫝
寘彼一隅嵗時往還嘗慨文詞窘澁不足為来今之信

尚閣下一漱齒牙之末譬箋發咏樂天如在當斂策避
道不任拳拳之誠

鬥鴨賦　　李邕

東吴王孫嘯傲閶門魚横玉劍蟻滿金樽賓僚霧進游
俠星奔桂舟兮錦纜碧潤兮花源尔乃輟軽橈登水閣
絲管遥進獻酬交錯雲欲起而中留塵將飛而遂落既
而酣歌從座取物為娛徵羽毛之好鳥得渤海之仙鳧
出籠而振乍步而趨唼喋爭食離褷帶雛隨緑波而澹
蕩向紅藻而敷愉鳧之為物也詭類殊種還延遲重其

聚則同而不和其鬥則仁而有勇參差贅聚颯沓繽紛其浮蔽水其族如雲其沿波而美吭各求匹而為群繞菰蒲而相逐隔洲渚而相聞于是乎會合紛泊崩奔鼓作集如異國之同盟散若諸侯之背約迭代禽縱更相觸搏或離披以折冲或奮振以前却始戮力以決勝終追飛以襲弱聳謂驚鴻廻疑及鶻偪仄兮掣曳聯翩兮踴躍忽驚迸以差池倏沉浮而閃爍號噪兮沸亂傾耳為之無聞超騰兮往來澄潭為之潰濩排錦石蹴瓊沙披羽翰簸烟霞避參差之荇菉隳菡萏之荷花駐江妃

之往棹茴海客之歸槎而乃擁津塞浦旁观如堵空里鄽闠　天蛙黾兮失笑亀魚兮透泉專場之雞沮氣傾市之鶴慚妍其為状也不一其為態也宜傳良戒之而在閂俾聞義以忘筌

○緑頭鴨水禽村人皆養之養者名家鴨野生者名野鴨野鴨多緑頭世傳陸亀蒙居笠澤有杭州内養使舟出舎下亀蒙家僮以小舟驅群鴨出内養殫其一折頸亀蒙遽從舎出大呼云此緑鴨有異善人言適将献状本州貢天子今将此死鴨以詣官自言耳内

養甚驚厚祈之亀蒙咲而止因徐問亀蒙曰此鴨何、
言曰常自呼其名耳

○○鶴媒歌　陸亀蒙

偶繫漁舟汀樹枝因看射鳥令人悲盤空野鶴忽然下
背翳見媒心不疑媒閒静立如無事清唳時、入遥吹
徘徊未忍過南塘同應同聲就同類梳刷宛若相逢喜
秖怕緣来又驚起窺鱗泳藻乍低昂立定當胷流一矢
媒歡舞躍勢離披似諂功能邀弩兒雲飛水宿各自物
妬侶害群由尓為而况人間有名利外頭笑語中猜忌

君不見荒陂野鶴陷良媒同類同聲真可畏

○吴人射鶴自養一馴鶴使行前而以草木葉為蔽以自翳挾弩矢以伺之群鶴見之以為同類無猜遂為矢所中亀蒙作鶴媒歌訕同類相陷者

○○鵁鶄　　前人

詞賦曾誇鸐徒角切鳿牛欲切流果為名悞別滄洲雖蒙靜置踈籠晚不似閑栖折葦秋自昔稻粱高鳥畏至今珪組野人讐防徼避繳無窮事好与裁書謝白鷗、

○鵁鶄水禽亀蒙嘗得于震澤黑襟青脛碧爪丹喙色

幾及項龟蒙哀其野逸被囚籠檻為賦詩焉

○○江上漁者　陶弼

江上往来人但愛鱸魚美君看一葉舟出没風波裡

○○和文與可洋州香橙徑　蘇軾

金橙縱復里人知不見鱸魚價自低須是松江烟雨裡小船燒薤擣香虀

○鱸魚生松江尤宜鱠潔白鬆軟又不腥在諸魚之上江與太湖相接湖中亦有鱸俗傳江魚四腮湖魚止三腮味輙不及秋初魚出江者吴中好事競買之或

有游松江就鱠之者後漢左慈嘗在曹操坐操曰今日高會珍羞畧備所少吳松鱸魚耳慈曰此可得也因求銅盤貯水以竹竿餌釣于盤中須臾引一鱸魚出操曰一魚不周坐席可更得乎慈更餌須臾復引出皆長三尺餘生鮮可愛操使鱠之周浹會者鱸鱠為世所珍久矣晉張翰字季鷹為大司馬東曹椽因秋風起思鱸魚膾菰葉羹遂罷官歸金谷園記謂鱸魚常以仲秋從海入江菰葉南越人以箭筍和為羹甚珍魚白如玉菜黃如金隋人呼為金羹玉鱠大業

中吴郡嘗献鱸鱠事具載鱸魚條

○○紅蓮稻　　陸龟蒙

遥為晩花吟白菊近秋香稻識紅蓮

○紅蓮稻自古有之陸龟蒙别墅懐歸詩云云則唐人以書此米中間絶不種二十年来農家始復種米粒肥而香

○○再熟稻　　蒋堂

㶚日草青牛引犢經秋田熟稻生孫

○再熟稻一歲二熟吴都賦鄉貢再熟之稻蒋堂登吴

江亭詩云云　汪云是年有再熟之稻細考之當在皇祐間今田間豐歲已刈而稻根復蒸苗及長復成寔可掠取謂之再撩稻恐古所謂再熟者即此

○○荅鄭騎曹青橘　　韋應物、

書後欲題三百顆洞庭須待滿林霜

○緑橘出洞庭東西山比常橘特大未霜深緑色臍間一點先黄味已全可噉故名緑橘又有平橘比緑橘差小純黄方可噉故品稍下而其皮正入藥今市賣橘皮多襍以柑皮及永嘉扁橘皮不可不察芝田

錄云韋蘇州寄橘詩曰盖南史有人題書尾曰洞庭
霜橘三百顆韋正用此事余按王右軍帖亦云奉橘
三百枚霜未降不可多得同出于此

洞庭献新橘賦　　韋應物

洞庭之遠兮亘全楚而連巨吴路悠悠以窮塞波淼淼
而平湖遠國之輿壤中華之外區沃土所宜兮四方各
異珍果斯出兮諸夏或無至于白商謝玄律改風落瑶
林寒生窮海枇杷落而時盡荔枝摘而不待然後浮香
外散美味中成照斜暉而金色滴曉潤而霜清圓甚垂

珠琪樹方而向熟味能適口王果比而全輕在禹貢非
它于周制則那充厥苞于林下發使者于江沲褰橙不、
得而襆楚柚不得而和所献者皆嘆其美所貴者不以
其多歲峥嵘而已晚路崎嶇而甚遠齊萬物以登入離
本枝而不返其價百重其味可珍固緑蔕而未变施素
錦而猶新若夕發于南國已朝奉于北辰匪雕飾以自
媚寔羽翼以因人献芹者既非其匹獻桃者何足以
等倫豈比夫江北則枳江陵則洲隨櫨梨而莫遂備職
貢而無由同碩果而已矣望君門兮阻修美哉植物斯

多結寔者衆斯橘也来則隔乎淮浦生則阻乎雲夢獨擅美于當今及歲時而入貢皇帝垂衣而制萬國舞干戚而来九區苞之橘柚至自江湖歲以為常知方輸之必有時而後獻表庭寔之何無其来則風秋洞庭霜落環海元侯布教屬吏下採碧林冬生大小異名作去霜蔕初辭綠莖然後盛以瀟湘之竹束以江淮之菁背楚塞以西走望秦雲而北征上方端想玄默深居穆清扇鴻鈞而不宰張大樂而無聲閱彼遐荒之貢得斯華寔之英廼明四目乃序九歌朱紱方来以彰其道泰碩果

可食以表其時和時和在乎務本道泰在乎柔遠一果熟知百果之不荒一方來知萬方之未晚橘之名也則珍橘之熟也惟新越彼千里獻于一人丹其寔体南方之正酸其味含木德之純足以附荔枝于末葉遺梹榔于後塵然以出自荒陬外聞莫由烟波無已歲月空留豈知夫湮沉可達職貢可修辭草澤以孤往入金門而見收物之因人也其則以衆人之象物也豈不或中倘艸木之可儔希成名于入貢

揀貢橘書情　白居易

洞庭貢橘揀宜精太守勤王請自行珠顆形容隨日長
瓊漿氣味得霜成登山敢惜駑駘力望闕難伸螻蟻誠
踈賤無由親跪獻願憑朱寔表丹心

新橘　　梅摯

千頭霜熟摘来新包貢虔修望紫宸他日功成許高退
社中還結素封人

洞庭春色并引　　蘇軾

安定郡王以黄柑釀酒名之曰洞庭春色其猶子德麟
得之以餉予戲作賦曰

吾聞橘中之樂不減高山豈霜餘之不食而四老人者
游戲于其間悟此世之泡幻藏千歲于一班舉棗葉之
有餘納芥子其何艱宜賢王之達觀寄逸想于人寰嫏
嬛兮春風泛天宇兮清閒駕洞庭之白浪漲北渚之蒼
灣携佳人而往游勸霧髩與風鬟命黃頭之千奴卷震
澤而與俱還粿以二米之禾藉以三脊之菅忽雲蒸而
霧解旋珠零而涕潸翠勺銀罌紫絡青綸隨屬車之鴟
夷款木門之銅環兮帝觴之餘瀝幸公子之破慳我洗
盞而起嘗散腰足之痺頑盡三江于一吸吞魚龍之神

姦醉梦纷纭始知髦蛮鼓包山之桂楫扣林屋之瓊関卧松風之瑟縮揭春涵之淙潺追范蠡于渺茫弔夫差之惸鰥属此觴于西子洗亡國之愁顏驚羅襪之塵飛失舞袖之弓彎覺而賦之以授公子曰嗚呼噫嘻吾言夸矣公子其為我删之、

○真柑出洞庭東西山柑雖橘類而其品特高芳香超勝為天下第一浙東江西及蜀果州皆有柑香氣標格悉出洞庭下土人亦甚珍貴之其木畏霜雪又不宜旱故不能多植及遲久方結實時一顆至值百錢

猶是常品稍大者倍價併枝葉剪之飣盤時金碧璀璨已可人矣安定郡王以釀酒名洞庭春色蘇文忠公為作賦極道包山震澤土風而極于追鴟夷而酌西子其珍貴之至矣又有三日手猶香之詞則其芳烈又不待言而可知

吳都文粹卷第六　終

吳都文粹卷第七

宋　蘇臺鄭虎臣集編

吳櫻桃　白居易

含桃最說出東吳香色鮮濃氣味殊洽恰舉頭千萬顆婆娑拂面兩三株鳥偷飛處銜將火人摘爭時踏破珠可惜風吹兼雨打明朝後日即應無

蠟櫻桃自唐已有吳櫻桃之名今之品高者出常熟縣色微黃名蠟櫻味尤勝朱櫻不能尚

梅譜　范成大

范成大曰江梅遺核野生不經栽接者一名直脚梅或謂之野梅凡山間水濱荒寒清絶之處皆此本也花稍小而踈瘦有韵香最清實小而硬曰早梅花勝直脚梅吴中春晚二月始爛熳獨此品於冬至前已開或重陽後即有花者故得早名曰官城梅吴下圃人以直脚梅擇他本花肥實大者接之亦遂敷腴實亦佳可入煎造詩人所稱官梅止謂在官府園圃中非此官城梅也曰消梅花与江城梅官城梅相似其實圓小鬆脆多液無滓多液則不耐日乾故不入煎造亦不宜熟唯堪青噉

比黎亦有一種輕鬆者名消黎與此同意曰古梅枝樛曲萬狀蒼蘚鱗皴封滿本身又有苔鬚垂于枝間或長數寸風颺綠絲飄飄可玩或自湖之武康所得者則不變曰重葉梅花頭甚豐葉重數層盛開如小白蓮梅中之奇品花房獨出而結實多双尤爲瑰異極梅之变化工、無餘巧矣曰綠蕚梅凡梅花跗蔕皆絳紫色唯此純綠枝梗亦青特爲清高好事者比之仙人蕚綠華京師艮嶽有蕚綠華堂其下專植此本人間亦不多有爲時所貴重吴下又一種蕚亦漸綠四邊猶淺絳亦自難得曰百葉緗梅亦名黄香梅亦名千葉香梅花葉至二十餘瓣心色漸黄花頭差小而繁密别有一種芳香比常梅不同尤穠美不結實曰紅梅粉紅色標格猶是梅而繁密則如杏香亦如杏詩人有北人全未識渾作杏花看之句與江梅同開紅白相映園林初春絶景也西清詩話云紅梅承平時獨盛于姑蘇晏元獻公始移植西岡圃中一日貴游賂園吏得一枝分接由是都下有二本晏嘗與客飲花下賦詩云若更遲開三二月北人應作杏花看客曰公詩固佳待北俗何淺耶晏笑曰傖父

安得不然王琪君玉時守郡聞盜花種事以詩遺公曰
館娃宮北舊精神粉瘦瓊寒露蕊新園吏無端偷折去
鳳城從此有双身當時罕得如此比來展轉移接殆不
勝數吳下紅梅詩傳于世者甚多獨方惟深一篇號絶
唱梅聖俞認桃無緑葉辨杏有青枝當時以為著題東
坡詩老不知格梅在更看緑葉与青枝盖謂其不韵為
紅梅解嘲云曰鴛鴦梅多葉紅梅也花輕盈重葉數層
凡雙果必並蔕惟此一蔕而結双梅亦尤物曰杏梅花
比紅梅色微淡結果甚匾有爛斑色全似杏味不及紅

梅曰蠟梅本非梅類以其与梅同時香又相近色酷似蜜脾故名蠟梅凡三種以子種出不經接花小香淡其品最下俗謂之狗蝇梅經接花踈雖盛開花常半含名磬口梅言似僧磬之口也最先開色深黄如紫檀花香穠名檀香梅此品最佳蠟梅香極清芬殆過梅香初不以形狀貴也故難題咏山谷簡齋但作五言小詩而已此花多宿葉結子如垂鈴尖長寸餘又如大桃奴子在其中

○梅譜并序梅天下尤物無問智愚賢不肖莫敢有異議

吳下所出而成大得植于范村者十二種嘗爲譜之
今掇其名狀畧志於此
〇〇　郡圃新栽梅　白居易
池邉新種七株梅欲到花時㸃檢来莫怕長洲桃李妬
今年好爲使君開
〇〇　紅梅　方惟深
清香皓質世稱奇漆作輕紅也自宜紫府與丹来換骨
春風吹酒上凝脂直教膓雪無藏處只恐朝雲有去時
溪上野桃何足種秦人應獨未相知

○○嶺南桂　　白居易

子墮本從天竺寺根盤今在闔閭城當時應逐南風落落向人間取次生

○舊説杭州天竺寺每歲秋中有月桂子

○○又

霜雪壓多雖不死荊榛長疾欲相埋長憂落在樵人手賣作蘇州一束柴

○○又

遥知天上桂花孤試問姮娥有更無月宮幸有閒田地

何不中央種兩株

○桂本嶺南木吴地不常有之唐時尚有植者白樂天謂蘇之東城古吴都城也今為樵牧之場有桂一株生乎城下惜其不得地因賦三截句以唁之近世乃以木樨為岩桂詩人或指以為桂非是

○○蘇州柳　前人

金谷園中黄嫋娜曲江亭畔碧婆娑老來處處游行遍不似蘇州柳最多絮撲白頭條拂面使君無計奈春何

婆娑一作毵娑

柳以垂者為貴吴中士大夫家有得鳳州種者其半
拂地復堆如尺石湖綺川兩傍亦有之

長洲種牡丹　王禹偁

偶學豪家種牡丹數枝擎露出朱欄晚來低面開檀口
似笑窮愁病長官

吴縣廳前冬日雙開牡丹歌

君不見年〻三月千叢媚紫爛紅繁誇勝異尋常人戴
滿頭歸醉折狂分不為貴枝間葉盡根空培人情皆待
明年開化工自有呼魂術霜前喚下瓊瑶臺王母親將

金粉傳麻姑齊借霞裳来主人盖是神仙材不然此物胡為而来哉一姬勸酒誰引满長洲懶吏先舉杯多感同年與攀折吟詩欲謝難輕發青宫校書方遁跡代我作詞如錦折他年吾輩功業成與君共作騎鯨客

〇牡丹唐以来止有單葉者本朝洛陽始出多葉千葉遂為花中第一頃時朱勔家圃在閶門内植牡丹千萬本以繒綵為幕弥覆其上每花身飾金為牌記其名勔敗官籍其家不數日墟其圃牡丹皆拔而為薪花名牌一枚估值三錢中興以来人家稍復接種有

傳洛陽花種至吴中者肉紅則觀音崇寧壽安王希
叠羅等紅淡紅則風嬌又名西施勝一捻紅深紅則朝霞
紅又名富一家緹紅雲葉及茜金毬紫中貴牛家黄等不
過此十餘種姚魏蓋不傳矣

○○范村菊譜畧　范成大

凡黄花十七種曰勝金黄一名大金黄菊以黄為正此
品最為豐縟而加輕盈花葉微尖但條梗纖弱難得團
簇作大本須畄意扶植乃成曰叠金黄一名明州黄又
名小金黄花心極小叠葉穠密状如笑靨花有富貴氣

開早曰棣棠菊一名金鎚子花纖穠酷似棣棠色深如赤金他花色皆不及蓋奇品也窠株不甚高金陵最多曰疊羅黃狀如小金黃花葉尖瘦如剪羅縠三兩花自作一高枝出叢上意度瀟灑曰麝香黃花心豐腴傍短葉密承之格極高勝亦有白者大略似白佛頂而勝之遠甚吳中比年始有曰千葉小金錢略似明州黃花葉中外疊疊整齊心甚大曰太真黃花如小金錢加鮮明曰單葉小金錢花心尤大開最早重陽前已爛熳曰垂絲菊花蕊深黃莖極柔細隨風動搖如垂絲海棠曰鴛

鵞菊、花常相偶、葉深碧、曰金鈴菊、一名荔枝菊、舉体千葉細瓣、簇成小毬、如小荔枝、枝條長茂、可以攬结、江東人喜種之、有結為浮圖樓閣高丈餘者、曰毬子菊、如金鈴而差小、二種相去不遠、其大小名字出于栽培肥瘠之外、曰小金鈴菊、花如金鈴而甚小、無大本、夏中開、曰藤菊、花密條柔、以長如藤蔓、可編作屏障、亦名棚菊、種之坡上、則垂下嫋嫋数尺、如瓔珞、尤宜池潭之濱、曰十様菊、一本開花形模各異、或多葉、或单葉、或大或小、或如金鈴、往往有六七色、以成数色、名之曰十様錦、衢嚴百

花黃杭之屬邑有白者曰甘菊一名家菊人家種以供
蔬茹凡菊葉皆深緑而厚味極苦或有毛惟此葉淡緑
葉柔味微甘咀嚼香味俱勝拮以作羹及汎茶皆極有
風致天隨子所賦即此種花差勝野菊野菊旅生田野
及水濱花单葉極瑣細曰五月菊花心極大每一鬚皆
中空攢成一匾毬子細白单葉繞承之每枝只一花徑
二寸葉似同蒿夏中開近年院体画草虫喜以此菊寫
生曰金杯玉盤中心黃四旁淺白大葉三數層花頭徑
三寸菊之大者不過此本出江東比年稍移栽吴下此

与五月菊二品以其花徑寸特大故列之于前曰喜容千葉花初開微黄花心極小花中色深外微暈淡欣然半艶有喜色甚稱其名久則变白尤耐封殖可以引長至七八尺或一丈亦可攬結白花中高品也曰御衣黄千葉花初開深鵝黄大畧似喜容而差疎瘦久亦变白曰萬鈴菊中心淡黄鎚子傍白花葉遶之花端極尖香尤清曰蓮花菊如小白蓮花多葉而無心花頭疎極蕭散清絶一枝只一葩葉亦緑甚曰芙蓉菊開就者如小木芙容尤穠盛者如接子芍藥但難培植多不結繁曰

茉莉菊、花葉繁縟、全似茉莉、綠葉亦似之、長大而圓浄、曰木香菊、多葉略似御衣黄、初開淺鵝黄、久則变白、花葉尖薄、盛開則微卷、芳氣最烈、一名腦子菊、曰酴醿菊、細葉稠疊、全似酴醿、比茉莉差小而圓、曰艾葉菊、心小葉單、綠葉尖長如蓬艾、曰白麝香、似麝香黄、差小亦豐腴韻勝、曰白荔枝、與金鈴同、但花白耳、曰銀杏菊、淺白時有微紅、花葉尖、綠葉全似銀杏葉、曰波斯菊、花頭極大、一枝只一葩、喜倒垂下、久則微卷如髮之鬈、曰佛頂菊、亦名佛頭菊、中黄心極大、四旁白花一層繞之、初秋先開、白色漸变微紅曰桃花菊多葉至四五重粉紅色濃淡在桃杏紅梅之間未霜即開最為妍麗中秋後便可賞以其質如白之受采故附白花曰胭脂菊類桃花菊深紅淺紫比胭脂色尤重比年始有之此品既出桃花菊遂無色盖奇品也姑附白花之後曰紫菊一名孩兒菊花如紫茸叢茁細碎微有菊香或云即澤蘭也以其与菊同時又常及重九故附于菊

○菊所在固有之吴下尤盛城東西賣花者所植彌望人家亦各自種圃者自春苗尺許時摘去其顛數日

則歧出而枝又摘之每摘益歧至秋則一幹所出百千朶婆娑團圞如車蓋蒸籠矣人力勤土又膏沃花亦為之屢变淳熙丙午歲成大植于范村者正得三十六種嘗為譜之今掇其名狀畧志於此

○○海仙花　梅摯

泥根捧入故吴宮暖力迎隨帶漸紅（是花本名錦帶王内相禹偁易今名）
栽近木蘭殊有意留連文酒繫春風（舊牧孫冕李士傳釀酒法于木蘭堂因以名酒）

○錦帶又名海仙盖王元之名之也此花雖處處皆有

而吴中者特香畧如瑞香山礬葦圃中夾路多植之

○○石竹花　　陸龜蒙

曾看南朝畫國娃古羅衣上碎明霞而今莫共金錢鬭
買却春風是此花

○石竹花草花也狀如金錢陸龜蒙石竹花詠所謂金
錢買春風者以此也

○○金竹　　蔣堂

百鎰光寒一徑深潛疑造化鑄成林貪夫或有凭闌者
不見修篁但見金

金竹不甚大色如金今多不見

○○採藥賦　　陸龜蒙

藥白芷也香艸美人得比比之君子定情屬思聊為賦云日上融冷春歸飾荒覩一時之流恨撫萬古之遺香問人則不屈不宋說地則非瀟非湘搴其榮烟携而動色擢其體雪挺而騰光諷畔牢愁子雲於焉華皓吟哀時命曼倩由是摧藏清思矜年慵情畏晚胡繩繫晷以難駐藒車載春而不返陋君折楊柳須為送行陋君採芙蓉仍勞贈遠豈知陰晴互出雅豔相迎隈回鳳喜怒

盼鴻鶩待笑者青琴作號頋喟者碧玉為名偷襞積競
蒙盈目斜柯而水怯鬟疊葉而雲爭蘭在口以時聞嬌
如連瑣蕙牵心而不定飄若懸旌契叩难申融怡自許
石能潛遁以求偶山亦浮来而命侶誓不為岩阿竹冉
冉孤生誓不為澗底松亭々獨處於是欺皓本掩緗縰
房紅者自破帶綠者誰披望懷沙之浦咏遺襟之詞烟
分而麝墨猶濕綺斷而龍刀合知只言長信長門年々
可恨未必傾城傾國箇々生悲臨階躑躅以虗徐當户
薔薇兮約弱（一作綽約）蜂咋葉而先盡鶯踶枝而易落未若

北堂公子樹芳艸忘憂南國佳人佩生香辟惡露茁烟
冶風條翠詎不知海傍之期遠不信人間之命薄休為
上計椽空尋宝釵聊作侍中郎且秉金絡別有廬江小
吏蜀郡長卿或支離而築恨或調笑以囊情不啻予稟
簪裾而霧悄秉礼義以霜明鄭交甫則江邊佩解蕚綠
華則席上詩成彼怡神而致問皆護節而含真竦擢自
持雖陳辭而徃愬遷延却立終抱恨而难平淚滴堪穿
腸回好繫虫絲織怨以成段象酒蠲愁而判劑江僕射
之孤燈向壁不少凄迷張記室之少婦當壚還應細麗

景方駘蕩思已低摧酒疲于子建為使花因于雹均作媒何庾物之相負痛妍華而未迴莫与心傷瑶圃從鶩鵜鴂弟挂二音如防胆怯空屏宜画魁堆也獻名剩欲追尋徒嗟緬邈杯形連理而終在扇樣合歡而可學若遇劉公伯雅夢亦沉沉如逢王母少兒書還數數

○白芷一名葯世傳吴白芷以吴中所出者為貴

○○吴中觀貢藕　趙嘏

野艇幾西東清泠映碧空褰衣来水上捧玉出泥中葉亂田田緑蓮餘片片紅潋波纔入選就日已生風御潔

玲瓏膳人懷抜擢功梯山謾多品不与世流同

○藕唐時進蘇州藕最上者名傷荷藕傷荷之名或云葉甘為蟲所傷葉傷則長根也

○○金闕寥陽寶殿跋語　趙伯驌

上既詔新平江府天慶觀三清殿迺親御翰墨書金闕寥陽寶殿六大字以揭之雲藻昭回龍鳳翔翥萬目聳瞻威顔咫尺猗欤盛哉臣觀唐文皇書畫居鍾王表凡形篇詠賜臣工載在汗簡侈為美談然于明道闡教為生民福者未始有聞恭惟　皇帝陛下天縱多能游藝

八法曼出神所奚唐足云矧方玩意昭曠儲神穆清覌
道妙于化原躋斯民于壽域固非下民所能測窺其万
分弟自今仰觀匀吴之墟奎壁垂光王氣所鍾奔走百
神撝訶護持罔敢或後當与天無極云

○天慶觀在長洲縣西南即唐開元觀也兵火前棟宇
最爲宏麗紹興十六年郡守王瞬重作两廊画靈宝
度人經变相召画史工山林人物樓櫓花木各專一
技者分任其事極其工緻淳熙六年聖祖殿火提刑
趙伯驌攝郡重建三清殿淳熙三年郡守陳峴建初

道士募緣御前亦有所賜始成克就八年至尊壽聖
帝皇賜御書金闕寥陽寶殿六字為殿額

寥陽殿上梁文　龔頤正

在昔吴郡於今漢輔誕惟仙聖之宅有嚴壯麗之區與日月以蔽虧式表中天之華闕師雲霓而来御蔚為上
帝之高居慶基岳峙以當陽琳宇星羅而拱極南端洞達正殿穹崇維時三境之常尊駢集九光之法駕螭蟠萬礎遺址故存暈飛百楹群目未覩方重熙累洽之運正遠至邇安之時曾是殊庭莫還舊觀其何以佇飈游

於肹蠁甄靈貺于幅員皇上睠言不吝有司之費壽宮
申祝釐儲二聖之休守臣承膺志以致虔上士不崇朝而
樂施至人示化高道勤心占營宣于瑤光萃梓材于荊
楚莫不霞舒引墨雷動揮斤是度而是宜不震而不竦
瓊檐繡拱倏若化成金戺玉階殆非人境佇結綺棨朝
暾之采想觚稜宿霏烟之祥仰規太紫之圓方俯盡鬼
神之情狀下鏘鳴之玉珥知足稱于降臨睍安帖之瑤
壇庶永蕃于祠奉考其經始曾不淹辰斯舉應龍之修
梁可後巨鰲之竊抃敢伸善頌以佐歡謠

抛梁東滄海微茫一望中暘谷扶桑朝玉殿郁然和
氣御靈風
抛梁西震澤重湖玉浪低風雨調和時節好不煩香
火詠朝隮
抛梁南咫尺神都漢輔三丙位有星長燦爛兩宫天
壽与之叅
抛梁北金榜雲房新表出一念通神本聖功八荒有
道開皇極
抛梁上風馬雲車来有象上元八景是天宫万歲千

秋輸景貺
撫梁下日夕層壇降報謝昭垂乾象報豐年開闡坤
珍資道化
伏願上梁之後慈闈康壽宸扆尊隆德教並恢于彤
管仁恩長樹于青宮國棟無撓王臣盡忠邊圉永消
于丘革編民益劭于耕農千里絶札瘥之蟄四民均
亭毒之功協氣旁薄而扶輿下九鳳五龍于平世高
靈偃蹇而驕服肅千乘萬騎于浮空永佑太平之極
治普臻希靜之真風

○○傷開元顧道士　皮日休

協晨宮上啟金扉詔使先生坐蛻歸鶴有一聲應是哭丹無餘粒恐潛飛烟凄玉笥封雲篆月慘琪花葬羽衣腸斷雷平舊游處五芝無影艸微微

○觀中有金寶牌真宗所賜永鎮于地者兵火獨全六朝舊物也殿後通神菴淳熙八年左街道籙李若濟奉命建菴額三字亦御書先是有何道人者紹興初往來提舉司或覌前真武堂草積中被髮顛狂以簑衣蔽形故號簑衣道人寒暑不避不與人親或云時

有一語中人災福兩朝間遣使降香問其安否然菴則未始還也

新修太和宮記 王禹偁

夫大道無名强其名而彰用至教無類聚其類而誘人得之者同出而異名失之者賤彼而貴我自昔皇綱既紊世教多門雖分之而有三亦統之而為一蓋應機以設殊途而歸者矣矧夫伯陽之道宣父所師尚清淨以化民体希夷而應物用之理國則棄智絶聖追軒昊之淳風以之修身則抱樸含章異巢由之素隱無欲觀妙

有感則通邈乎遠哉不可得而言矣蘇州太和宫者唐畢瑊之别業也瑊之子師顔及其子宗逸避巢寇之亂徙而家焉先是道士戴省甄者長洲人也幼喪其父随母歸于畢氏宗逸無子戴實嗣焉與兄子玄棄俗入道淮海王之有國也五世其昌三教具舉顧毗陵之勍敵建吴門之巨屏利用禦寇匪親不居節度使錢公文奉茅土是分緇黄尤盛乃以子玄主開元觀省甄處洞玄宫尋屬兄也云亡委兹棣蕚母兮不造傷彼棘心且念出破琴之家繼卧甕之後林烏返哺以無及桑虫受食而

有懷恩舍田園肇興宝宇爰以己巳歲申牒而請命焉則
神德啟運之九年開宝紀號之二祀也錢氏賜額曰太
和乃与弟子吴玄芝主而建焉于是翦榛蕪以樹垣墉
浚汙潦以開池沼伐彼良木鳩于梓人繫日以僝功隨
方以募衆亦既無怠斯焉告成俾彼仙鄉忽如神化則
有上清之殿事天尊也北極之堂列仙官也星壇三級
修祠祀也霜鐘萬鈞警昏旭也繪事盡妙睟容有儀芝
蓋雲軿宛若瑶池之會冰膚雪態依然姑射之人其或
民罹札瘥歲有水旱則必禱三官而禳謝修七齋之威

儀霜清步虘露冷直簶章醮具矣福祐隨之寔天神之攸憑生民之所怙也爾乃就水以治檻因高而創亭奇花移茂苑之春怪石減洞庭之翠夏筍錦折秋荷蓋圓纖埃不生衆卉自茂漁人誤入應謂桃源海客遐瞻更迷蓬島姑蘇勝概此寔盡之暨聖上承乾許王入覲隨圖籍而效貢已在提封孜碑篆以無聞曷虞陵谷禹偁字人多暇訪道于茲爰述斯文用垂来裔振絃歌而化俗尚愧子游乘風雲而上天焉知老氏謹為銘曰

蘇臺南趾震澤東涘其誰居之畢公之里其誰嗣之戴

氏之子棄茲浮世依彼玄門乃興宮宇肇自田園厥功
既輯其教彌尊他山未勒秘宇空存敢書事跡貽于後
昆

修和宮在盤門外五里舊太和宮政和中改賜今名
紹興間道士朱至仁復建

春晚游太和宮詩　王禹偁

数里新萍夾岸莎春來乘興宿烟蘿隨風蝴蝶顛狂甚
當路花枝採折多絳節參差抽若筍翠鈿狼籍撒圓荷
湖山滿眼不休去空羨漁翁雨一蓑

○○曉次神景宮　　皮日休

夜半幽夢中扁舟似鳧躍曉來到何許俄倚包山脚三百六十丈攢空利如削遥瞻但徙倚欲上先矍鑠濃露湿莎裳淺泉漸䊵草屩行〻未一里郎境轉寂寞静徑侵泬寥仙扉傍岩崿松聲正清絶海日方照灼欻臨幽虚天萬想皆擺落壇靈有芝菌殿聖無鳥雀瓊幃自迴旋錦旌空粲錯昻氣為龍虎香烟混丹雘凝看出次雲默聽語時鶴緑書不可注雲笈應無鑰時來鳥思喜崦裏花光弱天籟如擊琴泉聲似摐鐸清齋洞前院敢負

玄科約空中悉羽章地上皆靈藥金醴可酣暢玉豉堪
咀嚼存心服燕胎叩齒讀龍蹻福地七十二茲焉永堪
託在獸之虎貔于虫不毒蠱嘗聞擇骨錄仙誌非可作
緑腸既朱髓青肝復紫絡伊余之比相天与形鬼惡每
嗟原憲癯常恐齊侯瘧終然合委頓剛亦慕寥廓三茅
亦嘗住竟与珪組薄欲向包山神來賒少岩壑

陸龜蒙

曉帆逗碕岸高步入神景灑、襟袖清如臨蕋珠屏雖
然羣動息此地常寂靜翠澗有寒、鏘碧花無定影憑軒

羽人傲夾戶天猷猛稽首朝元君褰衣就扆省呀空雪
牙利漱氷石齒冷香毋未垂嬰芝田不論頃遥通河漢
口近撫松桂頂飯蔫七白蔬林釃九光酩人間附塵躅
固陋真鉗頸肯信抃鼇傾猶疑夏蟲氷玄津蕩瓊壟紫
汞滴金鼎盡出氷霜書期君一披省

〇〇

三宿神景宫　皮日休

古觀岑且寂幽人情自怡一來包山下三宿湖之湄况
此深夏夕不逢清月姿玉泉浣衣後金殿添香時客省
高且敞客牀蟠複奇石枕冷入腦筍席寒侵肌氣清寐

不著起坐臨堦墀松陰忽微照獨見螢火芝素寉警微
露白蓮明暗池悤櫺帶乳蘚壁縫含雲蕤聞磬走魍魎
見燭奔羇雌沆瀣欲滴瀝芭蕉未離披五更山蟬響醒
發如吹箎杉風忽然起飄破步虛詞道客巾屨異上清
朝禮儀明發作此事豈復甘趨馳

陸龜蒙

靈踪未遍尋不覺溪色暝回頭問棲所稍下杉蘿逕岩
居更幽絶澗戶相隱映過此即神宮虛堂愜雲性四軒
盡疏達一榻何清零声去彿彷開玉笙敲鑑動涼磬風凝

古松粒露壓修荷柄萬籟既無聲澄明但心聽希微辨真誥若授靈皇命尺宅按来平華池漱餘浄頻窺宿羽罷三吸晨霞盛豈獨冷衣襟便堪遺造請徒探物外趣未脱塵中病舉手謝靈峰徜徉事歸艇

○靈祐观在洞庭西山古稱百廟三殿林屋洞在焉舊名神景宫唐乾符二年建内有林屋洞〻中景物具詳于祥符圖經本朝天禧五年詔郡守康孝基重建今廢

○○上真宫記　陳于

蘇州之南四十里有湖曰太湖即古震澤也又西四十

里有山曰洞庭即古包山也山蹲太湖心而形勢巀嶭
氣象聳秀非人世所宜奄據而傳者皆以為神明多宮
乎此盖山之中有靈府曰林屋幽虚之天即洞天之第
九也又有毛仙公之壇即福地之四十三也又山之西
飄渺峰之南北際湖之陽即梁隐士葉順昌之宅也大
同四年隐士捐宅以資道而奏可其為宮即今之壽聖
上真宮也山与塵土隔而宮又當山屏環合之交人亦
信其為神仙之别隐也崇岡伏嶺雲烟之所封而不散
邃岩麗谷泉瀑之所漱而不枯舒焉而明莫知其為晝

慘焉而晦莫知其為夜盖山間之朝昏也芳林茂艸虎狼之所留而霜雪不能凋岫花野寔禽狖之所勝而人力不能攘金石之润不以暑而樵桂松之青不以寒而改盖山間之四時也累朝昏以為月而不眩其速積四時以為歲而不見其久幽人已往而遯者誰遊荒區相仍而來者誰繼此其年歷愈滋而遺緒昜替也天聖八年州愴其如此乃于天慶觀選道士葉紹先以主之山林之居其朋以木石其游以鹿豕而間焉不葺則虆蔓荒我室荊棘蕪我路矣况綿久哉紹先至即誅穢以治

廬非特肅神位而已又以晏內處也封土以崇墉非特限坌莽而已又以威外侮也宮室既閟神明既容山蔬圃茹足以食終日道術禮醮足以化衆人迄至和改元紹先亡令朱超政代之即其嗣也超政又能謹厲其守而光明其傳以斋戒攝心之逸不以夷險動也以針藥救人之急不以貧富辞也舉包山之民無遠近無小大皆稱其為先生也盖昔之所以廢至二人而與昔之所不足至二人而備使數百年之蹤粲然復在者豈非人之所难能欤余因為之説曰冲虛以生白体静以生明

而杳焉其太無者道之真也以心君神以神主氣而休
焉其無情者道之用也與物非搆而仁之以其不忍与
我非攖而應之以其無對由是而精之則神也由是而
神之則仙也術傳于秘不傳于露用欲其晦不欲其彰
全真于太陽所以不輕其昇天養形于太陰所以不疑
其夜解蓋德之陰陽与天地合即將以相天地而焉爲
天地所相行之容必与鬼神通即将以役鬼神而焉爲
鬼神所役出入其獨俯仰不齊此古之所謂至人而寂
寥千百年間無一人也使吾道之不明於天下者爲智

者不知乎此而愚者不能用也使吾道之不行于天下
者為信者不篤乎此而欺者好行詐也今之名山有如
洞庭者固多矣其能奮振吾道以興壞濟物者有如二
人亦可謂難見矣余所以樂為記其大畧而又為之説
如此文林郎守常熟縣尉陳于撰

○又詩　皮日休

逕盤在山肋繚繞窮雲端摘菌杖頭紫緣崖屐齒刓半
日到上真洞宮知造难双户啟真景齋心方可覿天鈞
鳴响亮天禄行蹣跚琪樹夾一徑萬條青琅玕兩松峙

庭際怗狀吁可嘆大螾騰共結修蛇飛相蟠皮膚坼甲
冑枝節擒貙犴鐏處似天裂朽中如井胥罷縱風聲疣
跁跒地力痑音攤根上露鉗鈇空中狂波瀾合時若蒼莽
澗處如轘轅儼對無霸陣靜閟嚴陵灘靈飛一以護山
都焉敢干兩廊絜寂歷中殿高巑岏靜架九色節間懸
十絶幡微風時一吹百宝清闌珊昔有葉道士位當昇
靈官欲箋紫微志唯食紅錦丹既遂隐龍去道風由此
殘猶聞絳目草往〻生空壇羽客兩三人石上譚泥丸
謂我或龍冑粲然与之懽衣中紫華冷食次白芝寒自

覺有真氣恐隨風力摶明朝若更任必擬隳儒冠

陸龜蒙

嘗聞昇三清真有上中下官居乘佩服一一自相亞霄
裾或霞㲲侍女忽玉妃坐進金碧腴去馳飈欻駕今来
上真觀恍若心靈訝祗恐暫神游又疑新羽化風餘撼
朱草雲破生瑶樹望極覺波平行虛信烟籍閒閲飛龜
帙靜倚宿鳳架俗狀既能遺塵冠聊以卸人間方大火」
此境無朱夏松蓋蔭日車泉紳施天鏄窮幽不知倦復
息芝園舍鎙佩引凉姿焚香禮遥夜無情走聲利有志

依閒暇何處好迎僧布將石樓借

◎上真宮在洞庭山上舊上真觀梁大同四年建

◎登重玄寺閣　韋應物

時暇陟雲構晨霽澄景光始見吴都大千里鬱蒼蒼山用表明麗湖海吞大荒合沓臻水陸駢闐會四方俗繁節又暄雨順物亦康禽魚各翔泳草木遍芬芳于兹省甿俗一用勸農桑誠知虎符忝但恨歸路長

◎◎能仁寺重鑄鐘銘　孫覿

太平興國之初平江節度使孫承祐鑄大銅鐘于能仁

寺為楼三層居之後百五十年當建炎庚戌盜入平江
能仁大火一夕燼又四年紹興癸丑寺僧行和者募衆
力更鑄鐘成為銅萬三千觔晋陵孫覿為之銘曰
法音無碍遍滿大千際天軼海無量無邊衆生執迷馳
走空聚聽蟻為牛夢春作鼓矯乱顛倒妄認前塵声色
交騖不守其真粤有大士修三摩地出大音声而作佛
事燧木革金以熔以鎔鑄此東序千石之鐘蛇以目聞
豬以足聽水鳥風林更相和應除聾破瞶一擊而通八
方上下地獄天宮一切滿中十類四相凡厥声聞俱證

無上

○能仁禪寺在長洲縣西北二里即梁重玄寺入國朝為承天寺庭列怪石俗傳錢王立前有一土山故又名双蛾寺〻有銅無量壽佛像高丈餘宣和中禁寺觀橋梁名以天聖皇王等八字因改今額

○○游永定寺北池僧舍　韋應物

密竹行已遠子規啼更深綠池芳艸氣閒齋春樹陰晴蝶飄蘭徑游蜂遶花心不遇君携手誰復此幽尋

●●寓居精舍　韋應物

政拙欣罷守閒居初理生家貧何由往梦想在京城野
寺霜露月農興羇旅情聊租二頃田方課子弟耕眼暗
文字廢身閒道心清即與人群遠豈謂是非攖

○○喜辟疆夜至　　韋應物

子有新歲慶獨此苦寒歸夜叩竹林寺山行雪滿衣深
爐正燃火空齋共掩扉還將一樽對無言百事違

○永定寺在吳縣西前梁所置

○○朱明寺　　楊備

不悌争分不義財舊居金碧照樓臺何緣半夜狂風雨

時裏却飛錢帛来

○朱明尼寺在吴縣西北東晋時邑人朱明捨宅為寺
舊傳朱明富而孝友其弟聽婦言壞宅欲辟兄離居
明以金穀盡與弟唯留空室一夕大風雨悉飄財宝
還明宅弟與其婦愧而自縊明乃捨宅為寺

○○和廣化寺午日府晏致仕諸公　方子通

使君瀟洒上賓門金地無塵晝敞闗風静簫聲来世外
日長仙景在人間詩成郢客争揮翰曲罷吴姬一破顏

此節東南無此會高名千古映湖山

〇廣化寺在長洲縣學西一十步梁乾元三年諸葛氏捨宅爲之名崇吴禪院本朝大中祥符元年改賜今額中更兵火夷爲灰燼都僧正清立以醫藥利施一方所得貲不以厚其藏而以建大殿塑三世佛大菩薩齋堂十方佛殿淳熙二年其徒復以餘橐叙經楼龔願正爲之記其畧如此

〇〇龍興寺碑序　房琯

厥初道在人和上皇取象以濟其畧中古淳薄人散東

周出礼以順其動後代澆極人妄西方流化以復其情
夫動与理違静与道遇詩書之義尚乎聡明其終動以
乎秉戒之旨反乎視聴其終静以適然則先王之作其
未盡欤如来之道其無上欤観其数秉方駕愚智各新
其業大慈一貫胎化咸遂其情法要颺言佛性可以懸
得禅宗陰契菩提可以程至通天上地下之事達前生
後身之理歴刦必遇其勝因累生固成其圓果輪廻極
厄無物不盡非釋迦如来孰能至于此乎精宮為歸誠之地
比丘是覺後之人非明主良臣孰能崇于此乎此宇宙

我高祖創集之我烈祖潤色之則天皇后中徵之孝和
皇帝再興之此龍興寺則孝和之天下諸州各建同號
所以慶王業也雖棟宇已立而裝持未嚴開元十七年
天火下焚僅獲半存州將皇三從叔無言聖胤帝緒禀
受自高發慮存誠与庶品不類于彼無度外之物在我
無累已之人廣不可尋深難以測政成化溥身逸俗康
位居藩牧与天子共理親則叔父与人主同家護社稷
深于他臣視龍興別于餘寺興言多感舉意大成以家
率先施錢數萬合境僧尼等道會一體物通十方同力

来奉佛塔此州是闔閭故國泰伯始封習俗尚華人士
克讓聞義風偃捨財雲集上座戒嚴長江氣雄心朗才
傑寺主行虔外想遺形苦心堅行相与戮力營衞受仗
州主由是發人取材輦貨購匠川流咽塞道路相望体
製諮決于公輸環巧採奇于衆藝程式既定百工齊舉
素無特起舊有增飾亂正殿之西雷蔓長廡之南垂廊
開房室增加庇庫高閣疊起以下覆三門並建以相挾
如少華之承西岳少室之拱維嵩彩翠虹新樂櫨雲窓
歘爾已就宛然化城右驛亭左城堞亘望直視西南齊

啟背倚闤闠，俯朝盈夕散之人；前枕通莊，閲朝京通越之士。地當聚落之腹，壯為塔廟之首，標吴中之巨麗，寔天下之景福。向若衆生無緣，則佛不出世；象教何由及此乎？聖祀非長，則帝不出震；龍興何以建寺乎？州無賢牧，則黎庶不化；財力何以浮廣乎？百祥畢備，成是宝功，足可以光揚前烈，孚佑下人也。琯浮客一過，捨舟投体，目駭奇功，心賞直節，輕諸叙事，不甚明暢，銘而頌之，寔在能者。銘詞曰：

在昔元命，運華唐德。天象有歸，神器載復。天人用慶，玄津扇福。乃命率土，崇之法堂。錫名敢類，棟

宇以光善本物持淨亦神護發地騰焰莫知其故跡綴
煙銷迴廊燼去半落層搆斜通平地烈〻皇叔捴我古
城象設不覩風埃咸盈崩残不葺忠孝何并乃廣其施
誘人助成英〻郡貳亦既同聲槩〻僧士誰非會情投
心霧塞效信泉傾舊製俄滿新規更營龍跳透檻虎翼
飛甍与國同刲配天作程假詞紹美吁其以驚貞元中
造寺僧元壹神悟寺主霻俊上座霻琬都維那霻經營
結搆心廣願成化攝有緣捨施雲會取材斬木驟水奔
山鶩途數千魁期以就戊寅歲刺史給事中京兆韋公

夏卿言念棟宇修復碑紀起廢爰獲舊文重此刻立時
十四年又十月十五日建東海徐知古書前守揚州高
郵縣尉沈寧篆額

龍興寺

高刹長旛敞淨居方袍圓笠照通渠龍興舊額加新榜
不見金輪皇帝書

○龍興寺在吳縣西南梁所置紹興間于官倉瓦礫中
得房琯所作寺碑嵩夏卿再立者

開元寺浮海石像銘　梁簡文帝

蓋聞軒后之圖載浮河洛秦王之壁更涌滄溟昭潭之
洲乘清源而西泛蓬萊之岫逐安流而南徙況夫道由
慈善應起靈覺是以無方之跡隨機示現無緣之力因
物成感晉建興元年癸酉之歲吴郡婁縣界松江之下
號曰滬瀆此處有居人以漁者為業掛此詹綸無甄小
鮮布斯九罭常待六鼇逕望海中若二人像朝視浮沉
疑諸蜃氣夕復顯晦乍若潛火于是謂為海神即与巫
祝同往祈候七盤圜鼓先奏盛唐之歌百味椒漿屢上
東皇之曲遂乃風波駭吐光景晦明咸起渡河之悲窃

有覆舟之惧相顧失色于斯而返又有受持黄老好尚神仙職在三洞身帶八景更竭丹欵復共奉迎尊像況軀没而不見經歷旬日遐邇俱聞吳縣華里朱膺清信士也獨謂大覺大慈將宏化迹乃沐浴清齋要請同志与東靈寺帛尼及胡伎數十人乘船至滬瀆口頂礼皈依歌唄贊德于時微風送棹淑景浮波雲舒蓋而未移浪開花而不噴雖舟子招〻弗能遠騖而靈相峩〻漸来就浦仰覌神像嶷然雙返非因鷁首詎假龍橋豈藉銀連寧須玉軸背各有題一名維衛一名伽葉于是時

衆踊躍得未曾有復惧金仙之姿非凡所徙試就提捧
豁爾勝舟指燕宮而西歸望葑門而一息道俗側塞人
祗協慶膺家住近通元寺乃孫權為乳母陳氏之所至立
也亦一邦之勝地胥山之神塔乃還像于此寺武夫數
百咸不能勝共怪曰朱膺帛尼二人之力而能捧持不
覺為異今人工甚盛確乎不移此必精誠弗能致也乃
復竭心同時稽顙然後廼動至自舟中故知據井夜飛
寔無以異石不能重有覺憑焉後有外國沙門釋法開
來稱彼國衆聖所記云東方有二石像及阿育王塔若能恭

往禮觀滅無量罪免離三塗礼已而去中大通四年歲在壬子臨沙汝靈侯奉勅更造銅光二枚其一高九尺其一高八尺五寸銅邁丹陽亞論劉向之術區選攻金無俟嵇康之鍛既鏤既鐫是磨是銑曄如光定湛似日輪亦當遠照三千普瞻色像遥觀十方俱聞說法豈止惜命小鳥忻入影中重罪衆生還逢愛日而已哉吴郡僧正慧法師深修五定凈持七支于三宝中盡力宏護立摩尼之勝殿製飛行之宝塔至于莊嚴妙色寔有厥劳昔魯聖云亡尚而追儀于有若楚臣殞世亦托似于優

旃放勳之后更圖長樂之畫文命之君不絕稽命之禩或傳諸往牘或布在前言或賛述盈耳或壽宮虡置況遠追應身近現靈跡不銘不勒何以稱揚乃為銘曰

巍巍大像堂堂最勝慧日獨圓無生永證愍此魚鈎傷茲螺孕乍動慈舟時延宝乘甾任待緣獨有傳應傳應伊何宝茲靈像履冰晨游淩涛夜上七衆有憑九垓知仰照此真容開斯俗網千輪足起萬字胸書身横五分衣刻三銖嗟爾末俗心王所驅顙浮氷沫命役馳駒宜宏布嚮必盡勤劬覩相塵滅聞聲惑祛湛然神跡長處

全吴

○開元寺佛鉢詩并序

皮日休

按釋法顯傳云佛鉢本在毗舍離今在乾陀衛竟若千百年當復至西月支國若千百年至于闐國若千百年當至屈茨國若千百年當復來漢地晋建興二年二聖聖像浮海而至滬瀆僧尼輩取之以歸今存于開元寺後建興八年漁者于滬瀆沙汭上獲之以為臼類乃葷而用焉俄有佛像見于外漁者始以為異意滬瀆二聖之遺祥也乃以鉢供之迄今尚存余遂覌而為之詠因

寄天隨子

帝青石作綠氷姿佛律云此鉢帝青石也四天王所獻也曾得金人手自持拘律樹邉齋散後提羅花下洗来時乳糜味断中天覺麦麨香消大刧知從此共君親頂戴針風應不奇閑吹

陸龜蒙

空王初受逞神功四鉢湏臾現一重至今鉢有四重也緣持次想添香積飯覆時應帶步羅鐘光寒好照金毛鹿響静堪降白耳龍從此宝函香裡現不煩西去詣霊峰

游開元寺　　韋應物

夏衣始輕体遊步愛僧居果園新雨後香臺照日初緑
陰生晝静一作寂孤花表春餘符竹方為累形跡一来踈

開元寺序并詩　　李紳

此寺多太湖石有峯峦奇状者頃年多游寓于此及太ゝ
和七年往来皆不復到寺中石亦大半無也
十層花宇真毫相数仞峯峦閟月扉攢立宝山中色界
散周香海小輪圍坐隅咫尺窺岩壑窓外高低辨翠微
难保爾形終不轉莫令偷拂六銖衣

開元寺客省早景即事　皮日休

客省蕭條柿葉紅楼臺如畫倚霜空銅池数滴桂上雨金鐸一聲松杪風鶴静時来珠像側鴿馴多在宝幡中如何塵外虛為契不得支公此會同

陸龜蒙

日上罘罳疊影紅一聲清梵萬緣空襹褷滿地貝多雪料峭入楼于闐風水榭初抽寥泬思竹窻犹掛梦魂中靈香散盡禪家接誰共殷源小品同辨正論亦有九流一曰禪家者流殷浩讀小品經下二百籤疑義以問支道林

開元寺開笋園寄章上人　　皮日休

園鏁開聲駭鹿群滿林觧籜水犀紋森〻競泫林稍雨
嶁〻争穿石上雲並出亦如鵷管合各生還似犬牙分
折烟束露如相遺何胤明朝不茹葷

陸龜蒙

春龍争地養檀欒況是雙林雨後看迸出似豪當垤嵲
孤生如恨倚闌干凌虛勢欲齊金刹折贈光宜照玉盤
更待錦苞零落後粉環高下揭烟寒

開元寺避暑聯句

煩暑雖难避僧家自有期泉甘于馬乳苔滑似龍漦日
休任誕襟全散臨幽榻旋移松行将雅拜篁陣欲文麾
龜蒙望塔青髅識登楼白鴿知石經森欲動珠像儼将
怡筒簟臨杉穗紗巾透雨絲静譚蟬噪少凉步鶴隨遅
日休烟重廻蕉扇風輕拂桂帷對碑吴地説開巻梵天
詞積水魚梁壞残花病枕欹懷君瀟洒處孤梦绕罘罳
龜蒙

題寺閣　　薛能

一閣見一郡亂流仍亂山未能終日住尤爱暫時閒唱

棹吴門去啼林杜宇還高僧不可羡西景掩禪關

　　畄客開元寺　　　　方子通

晝錦新坊路稍西興来携客就僧扉樽前倒玉清無比
筆下鏗金妙欲飛籃轝直須乘月去榜歌時聽採菱歸
流傳白雪吴城滿頓覺炎歊一夕微

　　　　　　　程公闢

仙老論文小往還多才令尹獨能攀携觴步入千花界
借榻清臨一水間唉語不驚沙鳥去襟懷猶過野僧閒
城中此地無人愛坐對西南見好山

開元寺在吴縣西南即後唐同光錢氏所徙寺也寺有晉時浮海来二石像及佛鉢兵燼後二像猶存鉢亦為一僧藏去得脫今寺中世宝之相傳漁人以貯葷茹鉢遂破璺視其璺處色采絢爛非玉非石不可名状

大慈寺避暑聯句

歘蒸何處避来入戴顒宅逍遥脫單絞放曠拋輕策爬搔林下風偃仰澗中石日休　殘蟬烟外響野隺沙中跡到此失煩襟瀟然揖禪伯藤懸疊霜蛻桂倚支雲錫龟蒙清陰竪毛髮爽氣舒筋脉逐幽隨竹書選勝鋪苔席

魚跳上紫茨蝶化緣青壁日休心是玉蓮徒耳為金磬
敵吾宗昔高尚志在羲皇易豈獨斷常編幾將刓鉄擿
龜蒙天書既屢降野抱难自適一入承明廬盱衡論今
昔流光不容寸斯道甘枉尺日休既起謝儒玄亦翻商
羽翼封章帷幄遍梦寐江湖日擺落函谷塵高歆華陽
幘龜蒙詔去雲無信歸来寉相識半病奪牛公全慵捕
魚客少微光一點落此苔礫索日休釋子問池塘門人
廢幽贖堪悲東序宝忽变西方籍不見步丘詩空愫康
樂屐龜蒙高名不可劫勝境徒堪惜墨沼轉踈蕪玄齋

踰闃寂遲〻不能去凉飔満杉栢日休　日下洲島清烟
生苾蒭碧倶悵出塵想共有吟詩癖終与净名游還来
雪山覓　龟蒙

遊北禅寺　陸龟蒙

連延花蔓映風廊岸幘披襟到竹房居士祗今開梵處
先生曽是草玄堂清樽林下看香印遠岫窓中挂鉢囊
今日有情消未得欲将名理問思光

皮日休

戚歷杉陰入草堂老僧雖見似相忘吟多幾轉蓮花漏

坐久重焚栢子香魚慣齋時分淨食鴿能閒處伴禪床
雲林滿眼空羈滯欲對彌天轉自傷

寒夜同訪寂上人　陸龜蒙

月樓風殿靜沉沉披拂霜華訪道林鳥在寒枝棲影動
人依古堞坐禪深明時尚阻青雲步半夜犹追白石吟
自是海邊鷗伴侶不劳金偈更降心

皮日休

院寒青靄正沉沉霜棧乾鳴入古林数葉丹書松火暗
一聲金磬檜烟深陶潛見社無妨醉殷浩談經不廢吟

何事欲攀塵外契除君皆有利名心

○大慈寺在長洲縣北皮陸集云晋戴顒宅也至唐司
勲陸郎中居之後以為寺號北禅院

○○寄守堅覺初二僧　　蘇舜欽

曾携舊書卷来宿古禅林方外求知性詩中得賞音炉
開山夜靜門掩雪天陰几上一寒硯燈前三苦吟韵强
顔汗落句切鬓絲侵王就還重琢河窮更遠尋穴争探
乳虎沙獨揀良金字穩天星轉篇終海月沉唱訓同紀
錄得失暗規箴木鐸不狗路薰風难和琴半生誰引手

中道比分襟分野三吴濶年華二紀深師方傳祖印我
欲謝朝簪嶺外烟嵐地湖邊雲水心情牵張翰鱠梦想
陸機禽松下莓苔石何年重訪臨

○報恩光孝禪寺在長洲縣東南即舊天寧萬壽禪院
也徽宗時以為祝壽道場後即以為薦嚴之地改今
額

○○紹興中提舉徐誼給壽寧萬歲院常平田記

龔頤正

兩浙西路常平茶盐使者治平江自行殿駐臨安視昔

畿内若節誕彌奉觴稱壽兩宮之庭時為盛典先期環
月率其屬即府城東隅双塔壽寧萬歲禪院建祝聖道
場備極嚴奉是院肇唐咸通建本朝雍熙創造双塔至
道初賜以御書遂改今額乾道中始華律焉規模比舊
增新四衆皈仰雲水坌集為一大叢林建院之民王氏
捨負郭田五百八十餘畝撞鐘擊鼓食者日倍師嘗經
營而惧弗贍紹熙二年前太常丞徐公以新安高第就
畀使者節兩朝所知德意孚達朞年于此利興害除會
崑山屬邑宗王有田七千餘畝没入于官一時貴近

相先規取牒訴旁午公曉以令甲皆不應浮命有司召佃如式而長老德溥因以千畝為請公諉有司給之抑權放勢平訟息爭不惟法理適宜人無加喙而院之衆藉是庶幾資以無乏祷祠之地報上義深夫一用至公而二美具非公其孰能之德溥屬顒正記本末于是乎書公永嘉人徐誼字子宜學有師承德業宏遠固將推之朝廷見之天下与来世此盖未足云三年上元日具

位龔顒正記

○壽寧萬歲院在長洲縣東南旧羅漢院也寺有二塔

對峙俗名双塔寺

建乾元寺記　顧況

五蘊十二入八界此上三科能包萬法因緣生爲有無自性爲空〻有融一即中道義雖石船渡海蚊背負山不爲希有事僧法珣与和合衆法藏等造乾元寺者晋高士戴逵子顒之宅也乾元初節度使鄭炅之奏云覌察使李涵李道昌皆有力大臣求無上道以心無所願無邊受者實与雖空不敗有爲有滅無爲有爲之体有爲無爲之用無生無滅無相無爲無名無法說無言語

法以無言語説故有相大乘有觀法門無相大乘無觀法門于法有所淂有相大乘義于法無所淂無相大乘義所淂無所淂二俱真一乘之義也為妙因果譬如種子依地而生又如大地能荷群有虚空之体大于天地天地有盡虚空無盡如来之体大于虚空光明虚覺圓寂萬億故于無住本建乎諸法不動真際恒沙煩惱莫不斷除魚吞鈎虎落穽蛾拂火此衆生自取其毒道本平坦樹本清凉佛在提摩竭揭國成等正覺諸弟子栖乎茂林藉彼祥草厥後因時設教猶著敝衣行次乞食

及往切利省摩耶夫人優填王鑄金刻木始用膠漆泥
布佛有像自此始也与佛在時功德無異于是給孤長
者造祇垣精舍木田底迦造龍宮精舍竺乾法蘭造洛
陽白馬寺佛圖澄造鄴中九百七十三寺釋道安造襄
陽一十五寺遠法師造廬山西林東林寺度法師造攝
山栖霞寺杯渡法師造南陵隱静寺傳大士造東陽双
林寺思大師造衡陽南岳寺智者大師造天台國清玉
泉等三十五寺畧也涅槃無前無後般若無新無旧法
珣上人重旧德不輕新學門人清玦請況于經藏中抄

佛心說永示無極文曰
偉哉迷盧橫亘大千百億日月藕絲貫穿蚊背負之飛登梵天塵劳為海般若為船截生死流是曰希有大哉乾元寔則不朽和衆雲集珣稱為首佛告善来宝坊崇哉法雨洒埃慈雲徘徊」

〇乾元寺唐有之今不知所在據顧況記云晋戴逵宅皮陸集又以此禅寺為戴宅則此即今北禅寺矣

〇〇南禅寺千佛堂轉輪經蔵石記

白居易

千佛堂轉輪經藏者先是郡太守居易發心蜀沙門請
閑矢謨吴僧常敬弘正神益等傭功商主鄧子成等施
財院僧法弘等董事太和二年秋作開成元年春成堂
之費計緡萬藏与経之費計緡三千六百堂之中上蓋
下藏蓋之間輪九層佛千龕彩繪金碧以為飾環蓋懸
鏡六十有二藏八面面二門丹漆銅鍇以為固環藏敷
座六十有四藏之内轉以輪止以柅経函二百五十有
六經卷五千五十有八藏成経具之明年蘇之緇白徒
聚謀曰今功德如是誰其尸之宜請有福智僧越之妙

喜寺長老元遂禪師為之主宜請初發心人前本郡守
白太傅為之記僉曰然師既来教行如流僧至如歸供
施達嚫隨日而集堂有羨食路無飢僧游者學者得以
安給惠利饒益不可思量師又曰与苾蒭衆升堂焚香
合十指礼千佛然後啟藏發函鳴揵椎唱伽陀授持讀
諷十二部經、声洋、充溢虛空上下近遠有情識者
法音所及無不蒙福法力所攝鮮不歸心恍然異風一
变至道所得功德不自覺知由是而言是堂是藏是經
之用信有以表旌覺路也脂轄法輪也示火宅長者子

之便門也開毛道凡夫生之大寶也𧶠其然乎又明年
院之僧徒三詣雒都請余為記夫記者不唯紀年月述
作焉亦在乎辨興廢示勸戒也我釋迦如來有言一切
佛及一切法皆從經出然則法依于經〻依于藏〻依
于堂若堂壞則藏廢藏廢則經墜經墜則法隐法隐則
無上之道幾乎息矣嗚呼凡我國土宰官支提上首及
摩〻帝輦得不虔奉而護念之乎得不保持而增修之
乎經有闕必補藏有隙必葺堂有壞必支若然者真佛
弟子得福無量反是者非佛弟子得罪如律開成四年

二月一日記

○南禪寺唐有之今不知所在

吴都文粹卷第七終

吴都文粹卷第八

宋　蘇臺　鄭虎臣　集録

○○虎丘山寺記　王隨

夫玄黄判質肇自乎太極融結辨位式分于方域凡鍾靈秀之氣悉為勝異之壤圖誌具載言不可已姑蘇乃吴會劇都茂苑名封川塗當閩越之衝分次應斗牛之宿膏田多稼歲儲以之流衍雲屋比居風俗于焉富庶俯連湖之縹緲烟景何窮睇百城之紆餘金刹相望虎丘山者按吴地記云本名海湧山去吴縣西九里二百

步高一百三十尺周二百一十丈越絕書曰吳王闔閭冢在吳縣閶門外名曰虎丘下池廣六十步水深一丈五尺銅棺三重澒池六尺玉鳧之流扁諸之劍魚腸三千在焉發卒六十萬人治之葬之三日白虎居其上故有茲號又世說云秦皇帝因游海右自滬瀆經此山乃欲發墳取寶忽有白虎出而拒之始皇挺劍刺虎虎奔而隱因改為虎丘焉故上有劍池或曰秦皇試劍池亦謂之磨劍池今則長十有三丈闊餘三尋其深則莫可測矣古詩云劍池無底浸雲根又云沉沉劍池水直上

連滄溟後以唐祖廟諱更為武丘云其山又有響師虎泉陸羽茶井真娘墓生公臺石壁現其鬼詩林逕回其仙馭詭異之跡莫可悉述雲岩寺即晉王氏伯仲珣珉捨別業以創焉始于一山中分兩寺故顔魯公詩云不到東西寺于今五十春今則合而為一先是至道中岳、牧貳卿魏公庠改為禪刹延清順尊者演法主之彼美招提寔為絶境粉垣回繚外莫覩其崇峦松門欝深中迴蔵于嘉致故前賢詩云老僧祇怕山移去日暮先教鎖寺門又云宿雲侵曉去不待寺門開若乃層軒翼飛上出雲電華殿山屹旁礙星日景物清輝寮宇岑寂千年之寉多集四照之花競折垂組影纓之彥靡不登臨達心了義之人終焉宴息允所謂浙右之壯觀麗天下之靈跡者矣其有古高僧之行樂諸名公之詠題編錄畫存差雖備叙禅師用慈道行明潔智懷淵廓自招提宗唱克奉神君屢飛翰于雲鳶析鏤文于金石愧先聖之嘆輙成章于狂斐效頭陀之碑聊寓言于彷彿云爾時天聖二年歲次甲子六月二十八日翰林侍讀學士中散大夫守尚書礼部侍郎同知通進銀臺司門下封

駿事護軍琅邪郡開國侯食邑一千九百戶寔食封二
百戶賜紫金魚袋王隨撰

御書閣碑　葉清臣

真宗文明武定章聖元孝皇帝光宅天下二十有五年
武威夷裔文經覆載礼修樂修刑平政一天地並況震
于珍物乃東登泰山降禪社首西奠汾脽南游苦縣典
章人物輝灼方夏飛昇勝寔卓越古今天縱將聖興學
時敏百斤中程七行俱下詳延英俊寖尋經藝披編日
昃點翰宵分帝庸賡歌道諧筌崒聖有謨訓義光簡冊

休于萬麓畄神小學三元秉煥八象流景丞相臣謂臣
拯相与文雅侍從之臣發瑶笈披瓊蕴编第為集凡三
百卷請從刋摹以傳永久制曰可景祐体天法道欽文
聪武聖神孝德皇帝纉慶基接神統孝善継志功能昭
前思 先皇帝馨德茂烈巍巍郁郁 聖言膚藻雲章日
麗非書之黄素緗以文錦檢于玉匣藏在石室則何以
比隆六籍昭厥萬祀于是司空上輿地之志職方辨九
山之物分道遣使咸錫其副則吴郡之虎丘存焉兹山
據姑蘇之右地負乾陽之勝叢生萬石崛起平皋講席

坦乎千人劍泉呀其百尺松篁摠翠烟嵐異色宜有神物舍于宝坊前此守土臣寔臣度初基尊奉即山而宇寒暑再離風雨無賴景祐四年冬十月知軍事臣堂始大前構徹故以新奏取郡民絶籍而財入縣官者錢一百七十萬以售工材移通判軍州事臣宋卿經始處素程工董役肇日短昴訖于駟見更五甲子閣成無慮費竹木章个八百役夫兵手指二十二萬不出帑一金不調里一民民不知役而渠屋彌望凡為巾櫳韞覆之物皆稱閣而具疏栱窓礎材理堅緻藻楣文梲光彩眩轉

重檐四迴景陽不曜飛陛横出喬林在下熏廚凝香而
屓贔髹奮含輝而庨豁偉哉麗乎茲可以壯龟龍之負
載倬雲漢之昭明者巳先是永熙宸翰九軸帝書一品
垂賁岫幌彌歷年所　先朝宝跗入石册六十二分輝
奎曲并集為賜今皇帝飛雲洒妙墨本三十重光祖武
嗣有恩頒至是落成並置其上維三聖繼统昭明游藝
若三辰二曜珠連璧合雖堯文禹律昌作武述何以過此
惟堂以直清通敏行已從政忠而愛君不以遠迩惟宋
卿方嚴肅給裕民急吏勤以辦事順成休績斯書斯閣

斯人之賴臣清臣嘗為史官記　天子言動持使者符
節得按察郡縣觀聖人臨下之赫与守臣嚴上之恭敢
書始事銘于樂石詞曰
天有文華日星地有文秀崑溟聖有文垂典經粤宋二
宗功邁德隆天律有融我皇定保绳武祖考筆墨精妙
大人継明三后重英儀鄰宣精香籤宝帙金匱石室四
方馳騶吴治長洲上當斗牛其鎮武丘茂林修竹龍蟠
虎伏其地惟福直有真文乃聖乃神撫臨其人守臣推
忠結宇再重与山比崇猗金简有字豁于委羽惟道家

主藏訂諸蓬渚亶群玉之山上符冊府天為大宗是則
文化成世無極山斯朽石斯泐飛閣秘書時萬時億景
祐五年十月七日兩浙諸州水陸計度轉運副使提點
市船司本路勸農使及管勾茶盐礬税朝奉郎守太常
丞直史館騎都尉賜紫金魚袋臣葉清臣撰

○○藏記　張浚

吴郡山水秀麗虎丘號勝處世傳闔閭葬此地氣騰出
秦皇使人求劍虎存其上因以名焉晋王珣与弟珉宅
石澗之東西已而捨為佛刹本朝至道中華律為禪紹

吳八年余讁居零陵住持宗達以書抵余曰我与紹隆同嗣法于圓悟禪師寔繼洒掃隆常建立轉輪大藏效彌勒示現礼製施軸于中負戴其上規模甚偉僧法燮法清法悟為之勸邦人李方高次第輸財方議卜築隆適告寂我不敢以勝事难集為觧夙夜究力益厲精誠再閱寒暑工績備就平高益下棟宇翼如琅函貝葉輝燦焜燿信士鄒珉自視口嘆盡捐所有獨力莊嚴于我法中為大緣事敢以請記且當天下無事時當世名儒間以財為病矧兵革迭興軍儲或匱勤役費用理容未安

然我嘗思之夷狄之变其来有自因欲生爱因爱生貪因貪生忿欲愛貪忿是謂無明展轉交攻激為鬪乱怨深禍結殆不偶然我佛以清淨立教使人回心歸善一念倘正和氣自生其于教化似非小補是以有請而無愧余聞佛為一大事因緣故出現于世種種譬喻發明空理丁寧反覆務息塵劳現大光明饒益照耀妙用神通不可思議古人指摘之意蓋病夫不知虚靜修已區區致恭以佞之也又病夫落髮披緇之徒易浸以溢流宕南畆其教可輕疵哉将見斯蔵之成覩相增信由信

趍善宿習退轉真證圓通孝弟和睦之心油然而起宜勤守護用永其傳藏始建于紹興丁巳春正月至冬十一月告成復授資政殿大學士左宣奉大夫福建路安撫使兼知福建張浚為之記

○雲巖寺即虎丘寺晋司徒王珣及弟司空王珉之别業也咸和二年捨以為寺即劍池而分東西今合為一寺之勝聞天下四方游客過吴者未有不訪焉

○○靈巖山寺磚塔記　孫承祐

吴靈巖山即古吴王夫差之别苑也太湖渺白涵其側

虎丘點翠映其後自餘岡阜川瀆沃野上田環繞帶縈若視諸掌代遷人異倬為佛祠愚守藩之七禩也屬丙子歲冬先國妃居共氣之親鍾斷臂之禍詩人罔極耶可諭其哀素王尚石未足申其制由是顯營雁塔冥助翟衣于山之椒累磚而就基其岩所以遠騫崩之患黜其材所以絕朽蠹之虞不揮郢匠之斤止運陶公之甓自於經始迨爾賀成凡九旬有六日仍以古佛舍利二顆親書金剛般若一編寘彼珍函藏諸峻級美欤上聳地以千仞搭拔山而九層巍巍不瞰于娑婆杳杳平觀

于寥泬絶疑湧出或類飛来如日之升無遠弗届可以高擎天蓋可以久鎮地輿寔在報先妃之慈薦先妃之福也覺雲承足定水澄心拂石仙衣尚為游轉無垢佛土終正菩提抽毫直書用備陵谷

○○智積菩薩殿記　　孫覿

梁天監中以吴王館娃宫故地為靈巖寺成有異僧頁鉢囊以入憩殿廡下長身鬣面梵相奇古其徒莫之省也夜半索筆墨自圖其像于殿之東壁而去黎明不知所在衆始驚異之居無幾有胡僧傾見其畫惜曰此西

山智積菩薩像也何為在此于是道俗奔走来觀稽首
皈依如師出世唐宰相陸象先吳人也有弟失其名得
危疾國醫不能療一日有僧扣門問疾象先引至卧内
僧索杯水噀之一噀而病良已象先驚謝出金帛数床
弗受顧謂其弟曰我靈岩僧他日還吳来過我遂去不
復見其年象先弟入尚書為郎觀察桂管道吳中趨靈
岩如約問僧所舍無有遍從寺僧求之亦非是方悵然
欲還俄見壁間所畫像肖焉如言如笑如見師友驚喜
亟拜施錢五千萬修供作佛事徘徊数日而後去其事

載于吳越國沙門智賢之文傳于山中父老之口見于
大乘經菩薩品云惟靈岩故刹更隋唐五代四百餘年
至宋興始改賜秀峯禅院紹興中詔賜今太傅咸安王
韓公薦先福更號顯親崇報而叢林之盛為東南冠智
積旧有殿在院之東廡庳迫破露不足以稱四方祈向
奉事之意長老智訥飭其徒募衆力大之高甍巨桷雄
視一方像設中嚴雲披月滿極莊嚴相好之妙人天環
遶梵唄之聲震動山谷于是訥過余于晉陵求文以為
記余曰衆生執迷展轉六趣出沒生死莫覺莫悟惟佛

菩薩哀憫一切或示現神通或化出光景天龍負殿山
畏築垣卓錫而石泉涌揮塵而雨花墜凡所見聞同悼
齊喜投体飯命齋心悔過厭離五濁如燖雞出湯欣慕
至道如亡子見母如瞽發矇如迷得路發菩提心修無
上道輕財樂施造種〻福百世之後陵谷变遷蛻骨所
藏傳衣所寓在〻處〻照耀大千一覩遺像心目了〻
恍如宿昔曾受佛記今双林大士泗州僧迦靈岩智積
皆是也訥公出世三十年說法行道化服同異凡所建
立人勸成之隆楼傑閣穹堂廣宇幾徧淮吳豈止智積

一殿而已

〇〇宿靈巖上院　白居易

高〻白月上青林客去僧歸獨夜深葷血屏除惟對酒歌鐘放散只留琴更無俗物當人眼但有泉聲洗我心最愛曉亭東望好太湖烟水綠沉〻

娃宮屧廊尋以傾硯池香逕又欲平二三月時但艸綠幾百年來空月明使君雖老頗多思攜觴領妓處〻行今愁古恨入絲竹一曲涼州無限情直自當時到今日中間歌吹更無聲

始入松路永，獨忻山寺幽。不知臨絶檻，乃見西江流。吴岫分烟景，楚甸散林丘。方悟関塞渺，重軫故園愁。聞鐘戒歸騎，憩澗惜良游。地跡泉谷狹，春深草木稠。茲焉賞未極，清景（一作溪）期杪秋。

前題　趙嘏

明月溪頭寺，虫声滿橘洲。倚欄香逕晩，移石太湖秋。樹老雲歸盡，臺荒水更流。無人見惆悵，獨上最高樓。

前題　蘇舜欽

古來興廢一愁人，白髮僧歸掩寺門。越相烟波空去雁，

吴王宫阙半啼猿春風似旧花猶笑往事多遺石不言
唯有延陵逃遁去清名高節在乾坤

前題　胡宿

宿枕依鄉館天机陡覺清一聞山鳥語暫見野麋情峭
木摇霜氣踈泉曳玉聲簡書催俗駕窓日兩竿明

前題　胡宿

夕鐘初斷海鯨音投宿香園半翠岑氷簟浸床消客梦
水簾澄月伴僧吟雄風拂衽清涼極珎樹交柯翠翳深
一夜漢陰机事息草堂虗論破煩襟

秀峰上方　　李復圭

吴王昔日館娃宫殿閣鱗差軼碧空寂寂香魂招不得惟餘松栢韵天風

前題　　劉無降

晚乘輕舸出江城晚上籃輿却倦行盡日松風響岩谷小窗聽作亂泉聲

前題　　胡珵

攝身下蓬萊放浪雲水迹非無簡書畏心賞寄泉石亭亭雲間塔勝地闢自昔梯雲上青冥如鳥著兩翼化城

出天半空甃坦如席環山劃中斷裂地開震澤峩〻東
西峯觀闕倚空碧千尋採香徑劍臥漣漪直當年館娃
宮六月避暑夕琴臺延薰風万女曳阿錫牛耳爭齊盟
烏喙已薦食百家甬東村托足歸無宅焉知陵谷變大
廈響千嗎矧茲風塵際樓殿踊山脊安隱大火中顯允
像教力與予浩刦嘆萬法本空寂

○○聞訥老築堂榜曰五至賦此　孫覿

老人昔記觀河處白髮蒼顏只如故湛然不与生滅期
始信真心有常住公今忘物兼忘我坎止流行無不可

桑下了無三宿恋壁間一坐九年過振履忽逐秋鴻往浮盃又趁春潮上一片孤雲自在飛不落人中去来想

○後七年過靈巖寺再賦二首　孫覿

猊坐諸天繞龍龕百鬼營捫蘿穿窈窕拄策上峥嵘両送秋声入風迎夜氣生降肛一鼉吼撇烈両鳧驚獨詣超神界真游梦化城微吟更有味琢雪鬭僧清

老訥僧中龍浮度佛三界誅茆製不借剖竹作如意徵心訊空王礼足依梵帝住世無三宿因缘有五至百年杞國憂四大偃師戲應作如是觀浮雲本無蒂

顯親崇報禅院在靈巖山頂旧名秀峰寺吴館娃宫也梁天監中始置寺有智積菩薩旧跡土人奉事甚謹今為韓蘄王功德寺改今名

天峰院記　曾旼

闔閭城西二十餘里山之巔有禅院祥符詔書賜名天峰考于圖記所謂報恩山南峰院者是也記言晋僧支道林因石室林泉置報恩院唐之大中改為支山禅院晋之天福改南峯額予先世松櫝在羊腸山之朝陽歲時展省屢過天峯嘗訪遺詩旧刻求其地之所在以

叅驗之而唐人劉長卿遊支硎山寺皮日休陸龜蒙宿報恩寺水閣題支山南峰皆為賦詩宝曆以後州刺史白居易劉禹錫亦有報恩寺詩按長卿至德中嘗為監察御史日休龜蒙松陵唱和出咸通年又言南峰院額故相國裴休所書也休乃大中宰相于是一時而報恩支山南峰三名並存則知記所載大中天福更名者誤也今山下楞伽院有石刻言院即報恩遺址原田中有報恩惠敏律師塔碑言建塔于寺之西南隅當八隅泉池之上中峰蘭若之下碑望楞伽正在東北而記所謂

石室者亦在楞伽人猶謂之支遯道菴自菴前西向登山可数百步林中一徑入中峯院自徑前南行其登弥高又数百步乃至天峯北僧院其依一山而道周有石盤薄平廣泉流其上清泚可愛居易詩云淨石堪敷坐清泉可濯巾其謂是也昔莊周言庖丁之刀十九年若新發于硎陸德明釋硎磨石也余謂此石其平如砥支硎之名宜取諸此而石文又有如蹏涔者人謂之馬跡石故禹錫詩云石文留馬跡峯勢聳牛頭日休龜蒙與穰嵩起南池聯句亦曰翠出牛脰聳苔深馬跡訛又曰支

硎辟亦過牛頭峯今在天峯之南此其可考者禹錫詩
云又有泉眼潛通海之語与夫松陵詩所言承閣南池
惠敏碑所言八隅泉池皆已湮没失其故處而裴公書
額亦不復見矣若山下石室山半石門天峯之傍有待
月嶺下有碧琳泉又有放隺亭其址猶在而劉白皮陸
之所賦咏皆不及之此又不可考者也昔逸少既謝會
稽安石猶臥東山遯遁乃与之從遊自放虛寂之境而有
登臨之適故時人以為高逸遯遁之所游多矣維吴之報
恩越之沃洲最著沃洲有養馬坡放隺峯故此山亦有

馬跡石放寉亭傳言道常畜馬縱寉其說皆有理趣非窘拘于浮屠法者也道之沒已七百餘年而事之傳于名迹者猶不泯其為世所慕如此近歲僧德興者始傳禪法于天峯維住持者十來人矣德興之始來茅屋土階僅禦風雨後有文啟慧汀賛元維廣者大增葺之基土架屋上瓦下甓堂殿庖庫廊廡寮閣门庭池街次第完潔東有浴室西有憩菴佛貌經藏無不嚴其以其治之非一人積之非一日而能終始如一故賴以成就其財費則取之州人非一家也予嘗以職事獲閱書于太

史氏因見景德四年有建言者曰民侒佛費財宜加禁
止上曰佛教本乎修心至于禪學為益滋大于是言者
不行蓋先王以道治天下使人心化而不自知故其感
時昚獨而無思犯礼者非必士民也釋氏心法之妙殆
不失先王道化之意乃知前聖後聖其揆一也豈虛言哉斌
公長老夙受法于明因禪師又深通順觀肇論之旨心
地乃達無所底滯予之道友也一日謂予曰天峰自德
興新之且及百年頗有所謂予謂沃洲居易為之記矣
而報恩寂寥未有記者因為考論本末書以畀之

○○超隱堂記　葉勸

佛子棄親出家本欲擺脱名利自非上根法器了達根源未有不為名利所縛雖大善知識亦不免于求名而利附焉故必開張鋪席以求出世至于終老而不返一曰欲以利益衆生一曰欲以開導群迷此特自為之辭尒焉有能利益衆生開導群迷而不知所以自求安隱以遁其形耶余道友才公則不然雖嘗由萬壽首座住天峯禪院才得旬歲即興退休之念會予解官南歸亦思与之相近因出橐裝為營小居于能仁精舍乃名其所

居之堂曰超隐盖佛以清净為本虚無淡泊為宗而垂世立教禅律兩行專説法相是真是寔即謂之律説有非有説無非無當休不離湛然常住即名為禅自達磨傳此心印面壁九年不立文字不假声聞而第一義諦復然流通遍周沙界自尔以来灯灯相傳照耀大千啟發昏蒙證菩提果超出世間与佛同体得玆道者才公有焉昔紹聖末余掾澧易謁長老百齡于夾山時會下禅人無慮二百輩而輩輩談公不容口由此始識公于此、山之庫下形骨清癯標韵高古無異于孤雲獨隺然稍稍接之語言莫非善巧柔輭議論風起至于亹亹之處如泉竇始開悉自胸中流出所謂深湣辨才三昧者見知既已如此之超然矣而又能于兹時出超然拔俗之見以求隱處而退休焉其度越稠人廣衆卓絶數等矣以是而名兹堂非虛言也堂兩楹五架粗完潔不侈不陋真道人所居余不記其土木之工而粗記公超然隱居之意如此

○○游南峯寺詩并序　葉夢得

游南峯寺獨登待月嶺而還長老才上人云欲作亭嶺

上以待予再至因以詩贈云
澤國鍾下流有山獨西南標奇借明眼夙昔多穷探腹
背眩金碧鍾魚半精藍支郎放寉地妙解無餘談高木
氣未炎绿陰正清酣我懶倦登陟兹行咤猶堪幽尋雖
云初佳處黙已諳久欲謝塵滓往問弥勒龕平生術九
九晚識前三〻才也實可人窮年玩烟嵐胸中有定水〻
萬境潜包含嚴霜掃頳紫老榦餘梗楠噉蔗要自佳食
茶亦云甘坐断方丈室天花雨毵〻笑我窘世网何如
老眠蚕我今已解縛真理宻自躭但恐爱山意多求尚

成貪顧借待月嶺重開石頭菴偃松久傲兀碧琳放澄
涵言尋覺城路更欲從徧叅
○天峯院在吴縣西二十五里南峯山亦名支硎山即
東晋高僧支遁别菴也皇朝祥符五年刺史秦羲奏
賜今名
○○題觀音禪院　白居易
好是清凉地都無繫絆身晚晴宜野寺秋景屬閒人浄
石堪敷坐寒泉可濯巾自慚衰鬢上猶帶郡庭塵
○○咸平觀音禪院碑銘　錢儼

天下之名郡言姑蘇古来之名僧言支遁以名郡之地有名僧之踪復表伽藍綽為勝槩至于傳法不泯真風則紀之以文信無愧矣蘇州觀音禪院即東晋支公道林所建支硎寺也伊昔二衆同居舍宇尤廣其山有支公馬跡及所居石室存焉唐景龍中詔更名報恩及瑞陵初圮海内精宇人秖號咽茲寺在圮例獻文纘嗣佛日再中旃檀之林枯荑畢秀時太原尹盧公簡求方牧是邦与僧清贊相善乃勸捨俸錢復新締架大中五年請僧洪憲主之憲即豫章布運禪師之法嗣也自咸通

甲申歲至于乾德甲子歲九百餘年陵谷迭迁香華中
輟其年二月有永嘉禅學沙門文譓嘗駐錫姑蘇永光
蘭若頗以佛事結諸衆緣尋詣天台大寂韶公禪師之
法席頓齒入室之列大宋示之曰汝雖越人非越地可
居其當化人于吴地耳于是遂如大寂之教復来茂苑
會僧正安公以報恩旧地辟而住持是為今觀音禅院
矣復有本郡都知兵馬使趙承遇及司理判官張仁某
等同經度之獲石銘于殿基承遇以下名氏皆如銘之
所記盖宿緣符契也未幾譓師徙居上方所度弟子三

十餘人今之恩公上人蓋白眉也亦礼大寂得其宗旨

退而闡法席于先師之精舍昭善継也恩公苦行有聞

玄談尤峻適居放寉之地雅契安禅之懷早歳師嘗入

京師時愚方預常叅一得相面今師沿前會之邂逅䟽

本寺之寅緣欲愚為文以紀其事愚以向之所言信無

愧者乃紀而銘之云時大宋咸平六年六月忠果確勇

功臣金州管内観察使判和州軍州事光禄大夫檢校

太傅兼御史大夫上柱國彭城郡開國公食邑六千户

寔食封一千一百户錢儼撰

○觀音禅院在報恩山亦曰支硎山寺即古報恩寺也

○○　尭峯新井歌并序　　蔣堂

尭峯顥暹禅師有道行居常游吾門一日且曰山中鑿石造井踰歲僅成既洌而甘大為叢林之利願得紀述以久其傳因作歌云

白雲莽〻青山頭一穴四面飛泉流其初山間舊井涸枯腸燥吻海衆羞于時大士宝雲者顧指土脉智慮周山靈所感道心悲檀施聿来工力鳩雲鍾齊下遠雷動石火内擊飛星稠百尺虛空廓地表鑿井求水出土一尺即百尺虛空見

内書一泓清冽呀深幽人疑從天墮月窟或問何處移龍、
湫次則其徒駭殊勝競持應器嘗甘柔飢狖連臂喜跳
擲渴鳥引喙鳴鈎輈碧甃光中轆轤曉銀牀側畔梧桐
秋宝方金地互相映谷鮒坎蛙难此留傍睨江形小衣
帶下窺湖面罕浮漚何茲鑿飲有功利一掬入口醍醐
優熱者濯之昏鈍决病者沃之沈痼瘳而我時邀墨客
去松澗遠挈都籃游净瓶汲引試香荈雅具羅列無腥
甂茶經膻昷腥甌非器也比之玉乳不差別曲阿有玉乳泉誚彼鍊丹多
謬悠俗傳天竺有鍊丹而茶經水記皆不載今茲泉眼在魯塢所喜雲液

鄰蒐裘魯塢乃尭峯地予所居去之一舍苧翁既往之鑒者水記未載
予將修此山此井永不廢此歌其庚傳南州

○○再題半峯亭

何名半峯亭尭峯路之半游客趋層崖斗上多股戰宔
雲搆兹軒接心引不倦所冀冠盖来少休松石畔雄視
金仙居巍乎倚雲漢自此更攀緣須臾躋彼岸

李弥大

雲峯何岧嶤去天餘几丈其下蔚華林幽禪屹相向我
游先朝暾海日射巾杖飛盖不須持步步蒼松障山僧

知我来羅立旵雁行提携兩行人為我談寔相一種勿
弦琴三嘆無声唱開軒面東南千里入俯仰西登妙高
臺更欲縱曠望土斷澤遶山烟涛渺雲浪恐是六鼇連
蓬壺墮蒼莽又疑鯨入海偃脊起青嶂時方老火熾金
石流欲煬須臾變雲雨為作雄風壯翻手回涼秋掀舞
千林響誰云免氷宮自是神龍藏三高如可作吾欲五
湖訪洗足巨浸心振衣孤峯上寄語夸奪流得飽但相
忘長哦可當歌踏月下空曠

山居十詠　僧懷深

湛〻平湖浸月明漁歌吹斷曉風清壞衣蒙頂跏趺坐
不称詩情称道情　右清輝軒
深靜含秋一鑑寬（右清〻〻）清甘聊酌齒牙寒靈岩自笑窮山骨
明月泉慳只欲乾　右碧玉沼
聊向蒼藤挂六环滿莎嘉致伴幽间双眸淨洗看不厭
欲結遯頭草一間　右多境岩
宝雲珠艸廣禪林鑿石窮源意亦深常嘆甘泉不當路
汪洋空有濟人心　右宝雲井
古洞深沉莫敢窺森陰草木野雲飛白龍何處淹頭角

天下蒼生待汝歸　右白龍洞

笑日野花青嶂下歌春幽鳥白雲间宝陀大士全身露

懊惱游人空看山　右观音岩

寒松門底如張盖接引嘉賓眼倍青方丈老人迎送少

未應因汝下幽庭　右偃盖松

下視群山盡子孫孤高直与月輪分善財不用別峯覓

只此休時見德雲　右妙高峯

禅板蒲團消永日明窓净几映踈筠一炉香盡六時過

轉覺山家氣味真　右東齋

匿影長嬿山未深閑門莫放俗塵侵如今滿眼事奔走
欲向何人話此心 右西隱

○竞峯院在吴縣横山即唐免水院也院有十景謂清、
輝軒碧玉沼多境岩宝雲井白龍洞覌音岩偃盖松、
妙高峯東斋西隐也

○○楓橋寺記　孫覿

平江自唐白公為刺史時即事賦詩已有八門六十坊
三百橋十萬户為東南之冠詩云茂苑太繁雄是也逮
乾符光啟間大盗蜂出争為强雄而武肅王錢鏐以破

黄巢誅董昌之功盡有浙東西之地五代分裂諸藩據
数州自王獨嘗順事中國有　宋受命盡籍土地府庫
歸其屬朝京師遂去其國蓋自長慶訖宣和更七代三
百年吴人老死不見兵革覆露生養至四十三萬家而
吴太伯廟棟猶有唐昭宗時寧海鎮東軍節度使錢鏐
姓名書其上可謂盛矣建炎盜起官寺民居一夕為煨
燼而楓橋寺者距州西南六七里枕漕河俯官道南北
舟車所從出而巋然獨無恙殆有数焉寺無石誌按吴
郡圖經寔妙利普明塔院而不著經始之歲月唐人張

繼張祐嘗即其處作詩記游吟誦至今而楓橋寺亦遂著名于天下太平興國初節度使孫承祐重建浮屠七成峻峙盤固人天鬼神所共瞻仰至嘉祐中始改賜普明禪院而雄傑偉麗之觀滋起矣屬有天幸僅脫于兵火而官軍蹂踐寺僧逃匿頹簷委地飄瓦中人卧榻之上仰視天日四壁蕭然如逃人家紹興四年長老法遷者會其徒入居之而相其室無不修銖積寸累扶顛補敗棟宇一新可支十世寺有水陸院嚴麗靚深龍象所棲升濟幽明屢出靈響尤爲殊勝而塔之役最大更三

年而後就一日還老過余言曰願有紀也余尝怪天下多故縣官才匱力屈天子减膳蓋大臣辭賜金將吏被介胄以死士大夫毀車殺牛而食而吾民則當輸家財助邊率嘗睊睊然舉首蹙額疾視其上無慨然樂輸之意而佛之徒無尺寸之柄無左右介紹之先瓦盂錫杖率尔至門則倒衣吐哺躧履起迎惟恐後已乃捐金幣指囷廪捨所甚愛如執左劵交手相付無难色此何道也今覌還老積精營作練學苦空敝衣糲食不以一毫私其身日以飭蠱壞起頹仆為急又飭其徒二三輩持

鉢扣門或持簿乞施民門日有獲焉惟資以治寺以故一方道俗皆向慕之凡所欲為無不如志故成就如此今鄉縣之長人者晨擁百吏坐一堂之上赫然如神明之臨又阻声威以怛之而後吏得以投其隙吾欲以柔道理之量其力之所堪任而与之為均無急之以期無使吏迫之上下休戚共為一体人人欢然忻戴如駒犢嬰兒之慕以盡夫為民父母之道夫以子弟而事父母其于奉佛固闇然矣故著余之所欲言為記使歸刻焉紹興十六年七月日晋陵孫覿記

○○題楓橋寺　　張祐

長洲苑外艸蕭〻却羡重游歲月遥唯有别時今不忘
暮烟疎雨過楓橋

○○楓橋夜泊　　張継

月落烏啼霜滿天江楓漁火對愁眠姑蘇城外寒山寺
夜半鐘声到客船

張師中

吴門多精藍此寺名猶古距城七里餘冠盖日旁午斜
徑通採香遠岫對棲虎寺扉横野橋塔影落前浦

程師孟

霜樓鳴曉鐘夕輌軋雙櫓方丈中有人學佛洞禪語跡忙心已閑道樂行彌苦不為喧所遷意以靜為主何必深山林峯巒遠軒戶

重游楓橋偶成　前人

門對雲山畫不如師今一念六年居邇來寺好尤瀟洒張繼留題內翰書（今禹偁王內翰丁太夫人憂任其親寫是詩故不題名）

孫覿與温老四首

晚泊橋邊寺迎風坐一軒好山平隔岸流水漫過門朱

舫朝天路青林近郭村主人頭似雪怪我到多番

閶闔層城外寒山古道西若人具眼隻與佛拍肩齊白浪噴鷁首黃塵送馬蹄憧憧南北路一榻有高栖

白首重來一夢中青山不改舊時容烏啼月落橋邊寺欹枕猶聞半夜鐘

翠木蒼藤一兩家門依古柳抱溪斜古城流水參差是不見玄都舊日花

胡理

三年瘴海臥炎霄夢隔青楓一水遥萬里歸來悲故物

銅駞埋没草齊腰　　張孝祥
朝辭海湧千人石暮宿楓橋半夜鐘明月館娃宫裏去
洞庭呼起一帆風
四年忽忽兩經過古岸依然宰渚波借我繩床銷午暑
亂蟬鳴處竹陰多
　　郭附
師子雲山漠漠越來溪水悠悠鐘到客船未曉月和漁
火俱愁咫尺横塘古塔連綿芳草長洲一老翛然自在

時時來繫扁舟

穹窿山寺記

楊宿

穹窿禪院者唐會昌六年之所建也先是蕭梁下詔取梅梁於茲地致白馬之莫感神明之徵因謂白馬塢即茲院之址也至唐宣宗改元大中重興梵宇法眷承紹六世於茲事曠繕完迨今百載飛梁朽以虹天危檐壓而翼摧則燥濕之患是生矣大老不泯招來信人天王嗣位之八年粤有當院徒弟奉安發志必葺果得檀那繼踵而至自夏侯鍾離二氏等一百五十餘人咸蠲淨

緍鳩新大壯殿堂奐塏廊廡軫轕璇題次第以輝鮮金地迴環而嚴潔於戲阿含所云若能補故寺者是謂二梵之福則安師之與葺能事有是夫諸檀信之慈悲喜捨有是夫魁茲勝事願勒貞珉聊奮直筆為記歲時皇宋景德四年五月九日記

○福臻禪院在吳縣西南四十五里穹窿山旧经云梁天監二年置今記云唐會昌六年建寺有米芾大書詩兩壁字畫奇逸至今存焉

橫山頂舍利靈塔銘　嚴德盛

竊以至理無言非言無以寄理玄蹤無体非体無以白
蹤然則八千種好呈應身之妙三十二相表化質之妍
至如畝土童兒聚沙稚子尚獲無窮之報猶成莫盡之
因況撤身命重財崇諸聖業者爭但樹因之最無過起
塔崇福之重詎甚建幢而銀青光祿大夫吳郡太守李
顒者乃華陽杞梓江漢芳蘭夙布素誠少匡王國吐納
風雷之際出處朱紫之庭縻爵峻于其身隆基茂于往
業溫良洽于郡國孝友睦于閨門建節贊治張振化風
門雖望族世載公卿安仁樂智之心無遺終食謙明惠

厚之德造次必存仍共奬劝郡部官人奉為皇帝皇后齊
王六宮眷属各捨七珍同崇八福在郡城之西山頂上营起
七層之宝塔以九舍利置其中金瓶外重石槨周護由
諸弗朽遇刧火而不焼守諸不移漂刧水而不易時有
龍華道場比丘法首者歳居齠齔即起踰城之心年将
志學仍持航海之撩自離親捨俗三十許年洞識苦空
明閑法要誠心内發冥梦外酔時聞此山是古之佛殿
乃共于此所成斯勝業頗宝鐸常揺法輪恒轉舍生迴
向歸心上通有頂之天傍及無邉之地同離生死之苦

俱成涅槃之樂其詞曰
相馬是滅法矣非生盖纏虛萃渴愛徒盈不無不有何
体何名業風既息法水便清以兹勝地令德來持功施
合矩化動成規如雲出岫狀月臨池清流不倦貽銘無
渡虔心局体國歸共慕施彼七珍崇斯六度下被群品
上資天祚萬福莊嚴千靈輔護少宣令問特秀苗聚輪
轉三有馳流六通獨善非德兼濟爲功俱成法雨用息
塵籠大隋大業四年歲次戊辰九月辛未朔八日戊寅
立銘吴郡司户嚴德盛製文司倉魏瑗書

○宝積寺在横山下亦名楞迦寺山頂有塔隋人所書塔銘碑石全好字畫秀整絶類虞褚大抵隋人書法兼傳晋宋間造意甚可珎今録之

○○寶華山寺新鐘記　孫覿

寶華山智顗禪院面震澤之洪瀾背長洲之故苑左控洞庭之峻右挹靈岩之巔刻蟠之闕相望遊麋之墟密迩真三吴之佳地一方之上游先是梁天監中有僧號憨〻者至自梵天营立香界植錫杖之故所化靈源之尚存年祀滋深締架幾圮國朝祥符乙卯歲故府侯崇

儀秦公義當歸然之未墜思勉矣而可与其疇尸之以
有能者即以今心印師居焉增庳為高变陋成麗臺殿
之類岌起金碧垂一紀间精廬克備

○智顗禪院在吳縣西南三十里宝華山

○○光福寺銅覌音像　黄公頴

光福寺距城七十里有銅像覌音其始作者与其歲月
予不得知也康定改元六月志里張氏于廟傍之泥中
覩焉時久旱弗雨相与言曰覌音示現殆有謂乎乃具
梵儀禱焉既時雨降以是凡有禱而無弗獲者州人必

請命于刺史而致敬無不得其感報夫道之在天下其
廢興有數而出處有命亦惟其時而已蓋習俗沉迷之
日久矣必将有以薰沭其邪意啟迪其善心教令既不
足以馭之于是時聖人出而輔世其在吴越則若四明
之奉化双林錢塘之天竺是也或因乎俗之所趨或寓
乎物之所感顯相示化变出不窮以是因緣不假言說
凡見聞者隨其願求各有所得則雖頑嚚抵冒之人亦
将有以善其心況根性之厚者乎則其所以輔世者豈
小補哉此其佛教行乎中國人之所賴以悔罪祈福者

宜乎曠世歷年而弗絶也予毋葬于寺之西南嘗過其
上僧藴棻屢求爲記予不得辭也因序其事云
○○題光福上方　　　　　　顧在鎔
蒼島孤生白浪中倚天高塔勢翻空烟凝遠岫列寒翠
霜染疎林墜碎紅溪渚遠棲彭澤雁樓臺深貯洞庭風
六時金磬落何處偏傍葦叢鷺釣翁
○光福講寺在吳縣西南鄧尉山龜峯上旧有銅像觀
音歲有水旱輒具礼迎奉入城有祷必應又嘗爲人
盜去尋復得之

○長洲縣西北陽山下澄照寺記　陳　最

佛宇之興其來尚矣自竺乾入洛象教歸周琅函流貝葉之文寶塔閟玉毫之相莫不圖諸爽塏樹乃精藍苟非背山而面林左泉而右石何以延大千之開士啟孤獨之名園是故鷲嶺雄標世尊因而說法双林秀拔惠遠由是奠居蓋人境之兩殊亦古今而一致蘇州郡城之西北三十五里山曰陽山山之下寺曰澄照先是唐會昌中丁某施白馬澗宅為白雀寺後有龍興寺僧智乂因遊其上縱目周覽嗟其年祀寖遠名額僅存榛莽

靡除基址甚隘于是鴻胪卿左衛大将軍曹茂達六代
孫玄祚捨祠堂基以搆寺不改旧額因而遷之始剏茆
茨數十間而已觀其岡峦環合岩谷洞砑真佛者之津
梁乃道林之形勝靈啟其地人叶厥謀決智力而有開
獲神明之来乂寺中有靈泉潛發莫窮其源決洩盖自
于神功疏鑿豈因于人力引山渠者數派溉民田者百
塍水旱不更其淺深遠迩必沾其潤利為國彭城威顕
公嘗而異之因改曰仙泉我宋祥符初始賜今額乾德
中乂公既没上足藴明嗣而續之香火無廢道者藴与亦

又公弟子也勇猛精進出于常倫痛先志之未終發精心而善誘由是智者獻謨壯者效用經始勿亟舉而新之敬廣殿以安睟容飾華龕以度大藏厨有庫香積之供成僧有堂如雲之衆集晨昏是警鼓鐘于百尺之臺水陸致慶設位于五層之閣而又置懺院法華院亭榭高揭房廊繚周煥然不勝其壯觀矣開宝中太保韓公承德復捨杭洗楼爲塔院詳其始末叙厥廢興見徵蕪詞用紀珍琰時天禧五年十一月二十一日記

○○明因禪院重建方丈記　凌民瞻

世之為放曠曼衍之言者指宇宙為極矣如來眎宇宙
猶一漚也嘗以大千世界為言斯多矣而未極其廣也
嘗又以殑伽沙世界為言斯廣矣而未得為無量也然
則無量者非世論所可計矣如來能以如是無量世界
置諸虗空而不墮納諸芥子而不迫擲之方外而無動
沃之巨浸而不溺神化無方理絶思議是莊嚴偈云淨
土如所欲受用皆現前盖言諸佛如來游戲三昧自在
若此雖欲貿梵世于忍土遷內苑于鷲峯固為不難然
且狥須達之請而經營舍衛之室忍其虗府庫殫智力

而後成豈神境妙用不足尚耶嗚呼非具大悲者孰能与于此衆生差別如見冥鈍要以檀施攝其初心由是言之祇因精舍豈一手一足爲之哉茲院成于國初景祐中璿玠師頗易旧宇其間未葺者日益隤圮長老唯廣師補漏支敧迨已四稔尺椽寸甓不以强人凡與斯緣莫非樂施熙寧七年四月二十七日始土後十月而工畢坎高增卑廣倍旧址欂櫨榱桷亦攻堅材圬墁斲削皆聚良匠美哉輪奐不日而成如天持来如地湧出物不終否在人而興僝工之始予嘗謂師曰弟子貧不

能以財施弱不能以力施他日願施鄙文讚勝事明年師故遺書來岳陽從索斯記師嘗住天峯蓋有甚大緣事未嘗刻一言今及記此者是欲攝我以文施因得記其歲月焉

○明因禪院在吳縣西南橫山下即薦福山感慈禪院也

○○入湧泉道中　　程師孟

小航時過越溪頭當日吳宮事可求西子冶容來作餌伍員忠憤反為仇雖無別館虹蜺帶吳都賦云寒暑隔閡于邃宇虹蜺迴

帶于雲館但有荒臺麋鹿游高望太湖千萬頃夕陽依旧水
東流

窮冬未見六花飄春意微〻動柳稍千丈龍形蟠暮嶺
一條虹影落溪橋閶門飛跨何清泚茂苑繁雄未寂寥
切幸早歸頻出郭西山隱客不須招

因省先塋到故都不妨閒步問耕夫水雲蒼莽遥連洞
田野低窪稍近湖秋熟几家收橘柚日生衆口藉菰蒲
今朝偶得西華稻僧飯年〻出玉腴

道出横塘跨石梁塘南塘北稲花香風吹舴艋輕如駛

日照浮圖峻若翔遠岸漁樵三兩〻近村鵝鴨一行〻
回頭却指城南路雲屋朱樓氣鬱蒼
寒林已見早梅芳盡日臨流野興長門外牛羊人自淂
籬邊雞犬盜誰防三江夜色滄浪白千里秋香䆉稏黄
借問船中何所有棖虀鮓膾酒先嘗
舟行如葉泛長川觧水吴兒力可全風急輙先千浪破
岸敧能把一篙牽湖沉日影山頭西雲漏天光雨足懸
試向中流東北望城南宝塔在門前
告老清朝分自安從今榮悴不相関有愁方見田家樂

無事才知釣叟閒世故要看終始後人生未免是非間
婦坟更在公堂側一舸猶夷遂往還
誰何不欲早忘机今已高年古亦稀翠柳陰中黄鳥過
青山影裡白鷗飛新春已到無高下故里重過有是非
人意不知毛羽意声、猶道不如歸
○湧泉院在吴縣西南横山之下旧為程師孟光禄香
火院故程公賦詩甚多比年其家不振伐木毀屋以
其地賣為劉孝韙侍郎之墓

○○水月禅院記　蘇舜欽

予乙酉歲夏四月来居吴門始維舟登靈岩之巔以望太湖俯視洞庭之山巋然特起雲霞采翠浮動于滄波之中予時據欄竦首精爽下墮欲乘風跨落景以翺翔乎其間莫可得也自爾平居緬然思于一到惑于險説而未果行則常若有物偪塞于胸中是歲十月遂招徐陳二君浮輕舟出横金口覌其洪川蕩潏萬頃一色不知天地之大所能并容水程泝洄七十里而逺初宿社下踰日乃至入林屋洞陟毛公壇宿包山精舍又泛明月灣南望一山上縹蒼烟舟人指云此所謂縹緲峯也

即岸步自松间出数里至峯下有佛廟號水月者閣殿
甚古像設嚴煥旁有澄泉潔清甘凉極旱不枯不類他
水梁大同四年始建佛寺至隋大業六年遂廢不存唐
光化中有浮屠忠勤者歷游四方至此愛而不能去復
于旧址結廬誦經後因而屋之至数十百楹天祐四年
刺史曹珪以明月名其院勤老且死其徒嗣之迄今七
世不絶國朝大中祥符初有詔又易今名予观震澤受
三江吞𧌒四郡之封其中山之名見圖誌者七十有二
唯洞庭稱雄其間地占三鄉户率三千環四十里民俗

真朴歴歳未嘗有詐訟至于縣吏之庭下皆樹桑梔柑柚為常産每秋高霜餘丹苞朱實与長松茂樹相差間于岩壑間望之若圖繪金翠之可愛縹緲峯又居山之表民已少事尚有歳時織紉樹藝捕採之労浮屠氏本以清曠遠事物已出中國礼法之外復居深遠絶勝之地壤斷水懾人跡罕至数僧宴坐寂黙于泉石之間引而与語殊無纖芥世俗間氣韵其視舒〻其行于〻豈上世之遺民者耶予生平病悶鬱塞至此霍然破散無餘矣反覆身世惘然莫知但如蛻解俗骨傅之羽翰飛

出乎八荒之外吁其快哉後二年其徒惠源造予乞文、
識其居之廢興欣其誠請攬筆直述且叙昔游之勝焉

○○寄題水月禪院　　前人

参差峯岫畫雲昏入望交蘿濁浪奔震澤湧山来此岸
華陽連洞到東門日生樹挂紅霞脚風起波摇白石根
聞有上方僧住處橘花林下採蘭蓀
積翠湖心迤邐長洞壟蕭寺面交光鳥行黑點波濤白
楓葉紅連橘柚黄人我絶時隈樹石是非来處接帆檣
如何遂得追游性擺却營營不急忙

菩薩蠻　游水月　湯思退

畫船橫絶湖波練，更上雕鞍窮翠巘。霜橘半垂黄，征衣盡日香。鐘声雲外聽，金界将松映。何處是華山，峰峦杳靄間。

無礙泉詩并序　李弥大

水月寺東入小青塢至縹緲峯下有泉泓澄瑩澈冬夏不涸酌之甘冷異于他泉而未名紹興二年七月九日無礙居士李似矩静養居士胡茂老飲而樂之静養以無礙名泉主泉僧願年為煮泉烹水月芽為賦詩云

甌研水月先春焙鬲煮雲林無礙泉將謂蘇州能太守
老僧還解覓詩篇

○水月禪院在洞庭山縹緲峯下梁大同四年建隋大業六年廢唐光化中僧志勤因旧址结庐天祐四年刺史曹珪以明月名之皇朝祥符間詔易今名山有無礙泉紹興間始名

○○壽聖院記　强浚明

元祐八年九月辛巳同郡錢君慎微過余言曰昔我先王既荒吳越維子若孫分建藩屏我高祖廣陵宣義王

寔鎮吴中父子再世嗣有節鉞逮我皇祖同封始去而
仕于朝然自廣陵而下四世皆葬于蘇晉天義辛丑歲
曾祖威顕公始建寺于吴山之麓以爲薰修之所因其
山名之曰吴山院本朝天聖丁卯歲主僧惟久嘗廷其
寺少南既又遷庀塢最後遷宋塢則今所建寺之地也
治平中賜今名壽聖院殿初屋才数十間僧徒甚寡歲
久益壞而僧之来者日衆先将軍爲出緡錢二十萬俾
其徒懷政合衆財以新之然後瞻礼有殿講說有堂井
廬庖湢無不完具又俾其徒懷遇即寺之側相衍沃之

地闢田畝百歲更豐凶不資檀越而寺常足食先是法
堂獨卑陋不稱寺僧智来又修大之以增其旧此寺之
興踰百年更三迁歷吾家四世而後大備其成之难如
此幸此寺日益新僧之来者日益衆則銭氏之興可知
已恐後来者亡以考也吾子試為我書之余曰唯唯詞
曰
武肅多子大王小侯厥初啟宇十有三州分建子弟維
藩維屏維時中吴式控外境廣陵受鉞開壤千里文穆
之兄武肅之子生有其土死即葬之父子孫曾相望纍

纍在昔天福當威顯公相方視址爰作佛宮桓、將軍世濟其美百年于茲寺更三徙浮圖惟久寖繁有徒修敝從廢不忘其初太湖之濱吴山之原斲石刻詞敢告後昆

○壽聖院在吴縣西南二十里晉天福五年吴越國中吴軍節度使威顯公奉文創建以奉其父廣陵王元璙墓祀初名吴山院至本朝治平中改賜今額崇寧元年威顯之孫奉議郎賜緋魚袋錢公著立石俾承議郎行少府監丞雲騎尉强浚明為之記

〇〇孤園寺在洞庭山梁散騎常侍吴猛宅也捨宅爲寺　皮日休

艇子小且兀緣湖蕩白芷縈紆泊一碕宛到孤園寺蘿㠀凝清陰松門湛虛翠寒泉飛碧螭古木鬪蒼兕鐘梵在水魄樓臺入雲肆岩邊足鳴鑱樹杪多飛鸓香莎滿院落風泛金靃靡靜雀啄栢蠹閒猱弄楹倚小殿薰陸香古經貝多紙老僧方瞑坐見客還强起指茲正險絶何以來到此先言洞壑數次語真如理磬韻醒閒心茶香凝皓齒中之叔貝布饌以旃檀餌數刻得清淨終身欲依止可憐陶侍讀身列丹臺位雅號曰勝力亦聞師

佛氏陶隐居常梦見佛像謂已曰爾當作七地大王号曰勝力今日到孤園何妨稱弟子

陸亀蒙

浮屠従西来事者極梁武岩幽與水曲结架無遺土窮山林榦畫竭海珠璣聚況即侍従臣敢爱烟波塢幡條玉龍扣殿角金虬舞釋子厭楼臺生人露風雨今来四百載像設蔵雪浦軽鴿亂馴鷗鳴鐘和朝櫓庭蕉裂旗旆野蔓差纓組石上解空人宼前聽經虎林虚葉如織水浄沙堪数徧問得中天歸修釋迦譜

包山禪院記　　王銍

靖康元年夏五月慈受大士普照禪師懷深住大相國寺慧林禪院之六年力祈還山優詔不許命大丞相喻旨所以留師者靡不盡也師確不可奪拂袖出都徧走江浙所至山川城邑僧俗擁衆歡迎瞻頂焚香夾道如佛行化靈岩蔣山虛二禪席以待而兩山之人遮道不得行師姑慰其意皆少留而去最後得洞庭包山廢院欣然駐錫卷械為終焉計玆院自六朝之初為勝地梁天監中始再崇葺唐高宗賜名顯慶為大叢林庇千僧

陸龜蒙皮日休所賦包山精舍是也政和中權豪用事
撤以修其墳寺瓦木滌地俱盡淵聖皇帝詔復其名而
舊寺僧法聰爲師以請既至山平江府令其弟子初主
院事然頽基斷址四顧荒寒而富者獻財巧者獻技壯
者獻力不數月殿堂門室鐘經與樓皆具師平日未嘗
求施兵燼之後尤不煩人而施者自遠而至唯恐弗受
于是禪居靚深歸然出雲烟之上矣夫洞庭別名震澤
又曰松江又曰笠澤又曰具區道家謂一水五名上禀
咸池五車之氣而包山即林屋洞天下有洞穴水潛行

地中無往不達號為神仙天后便闕洞中產白芝紫泉乃仙餌天醴環以七十二峯而明月之灣縹緲之峯毛公之壇尤為塵外淨境傳稱黃帝訪道所幸而夏禹治水藏素書于此至吳王闔閭得之以問孔子蓋仙聖所宅得名數千年遠矣地分東西两山院在西山之巔巨浸田環四絕無地天水相際一碧萬頃風濤豪洶旁接滄溟下則魚龍之所窟宅上則虎豹之所伏藏藤蘿膠轕橘柚蔽虧深林森木橫生倒植納天風海日于窮崖絕壑之間所謂烟雲生于步武陰晴变于几席猿鳥悲

嘯晝夜清寂而水作限斷遠与世隔盖江海之外無際之山孤聳于不測之淵無踰此者東南號山之富此又東南百水所鍾之地也竊嘗論古昔學道之士必游走四方以極天下壯觀登高望遠廣其耳目使萬境森然納于胸中然後見聞深博道學明倫釋氏之教亦然自出家祝髮則一衲一食水浮陸走軀薄風霜以求師問法務見一切世間艱難險阻情偽利害然後心境廓然〻知無一當留者故于道為近思斯院之成人興地稱山〻川改色来者瞻敬殊不知師所見豈在于此視天宫化

成金色世界釋帝龍天之居与夫光明藏海毗盧法界
皆吾一性之内非遠非近無去無来今我行住坐卧莫
非四方淨土豈厭此欣彼有所分别而更他境于一念
之外哉此師之達觀一視如法無彼此不眷〻于一居
也然則僕今所言皆師所不取也其如院廢興歲月与
師居此本心以待其徒傳永遠而無窮者亦不可以不
記也于是乎書紹興二年正月戊寅記

○包山禪院在吴縣西南一百二十里院有旧鐘云梁
大同二年置為福願寺天監中再葺唐上元九年改

為包山寺高宗賜名顯慶寺本朝靖康間慈受大師懷深居之詔復賜旧名院亦復興

○觀音院圓通殿記　　僧懷深

洞庭華山觀音院者本在胥湖之北宋元嘉中會稽内史張裕請于朝而立焉初裕嘗事應真謹甚感池産千葉蓮因名院曰華山隋大業間經毀廢暨開成四年始遷于此往時浚治得會昌斷石刻其畧云羅浮常安禅師卜其地即里人進士徐正甫所施也逮咸通十五載奏賜今名再廢于會昌至是復興有屋數十楹視洞庭

西峯諸剎最爲勝絶處主僧維照篤志學佛材器足以立事甞語其徒曰茲院雖號觀音蓋未觀其象名存而實亡矣或問觀音安在吾將何辭以對于是發廣大心欲令一切睹相聞名悉蒙解脫乃用紫旃檀八百兩造菩薩像飾以黃金丹砂珍珠琉璃端嚴瑞相工妙天下并刻諸天十有六尊莊嚴畢備爲大殿以居之規模雄偉動人心目費錢幾三百萬毫累銖積閱二十年厥功乃就來者作禮歎未曾有弟子維鑒實左右之既而照公欲刻諸石自太湖泛舟登靈岩謁慈受叟懷深求記

其事懷深曰華嚴经云海上有山多聖賢衆宝所成極清浄勇猛大夫觀自在為利衆生住此山是大宝殿跨起于層波之中真若鬼工神運所謂普陀落迦山者豈異此耶余聞菩薩從聞思修入三摩地乃至心精遺聞圓融無礙悲愍群品迷本循聲是故不動道場涉入諸國廣施無畏饒益衆生請試宴坐反聽嘿觀則風濤澎湃水石相薄林木鳥獸粥魚齋鼓莫非三十二應身八萬四千手眼徧周法界又何止于一方耶雖然不假乎像無以樂圖通之捷徑俾夫見聞者各隨根器普皆證

入或由此也歟獨喜照公能以如幻三昧成就不思議
事故樂爲之書像造于崇寧五年一月工休于四月殿
作于靖康二年之二月落成于建炎改元之七月作記
以是冬之十月初八日也

題德雲堂　　孫覿

千丈銀山屹嵩華浪湧雲屯天一罅榜舟夜並黿鼉窟
杖藜曉入雞豚社處〻人家橘柚垂竹簷茅屋青黄亞
牛羊出没怪石走蛟龍起伏蒼藤掛樓殿青紅隱半山
兩腋清風策高駕飢鼠窺燈佛帳寒華鯨吼粥僧趺下

世味久諳真嚼蠟老境得間如噉蔗山靈知我欲歸耕」
一夜築垣應繞舍」

題德雲堂詩并序　胡松年

余罷自平江謀居雲川過洞庭西山暫寓觀音院德雲堂坐揖湖山勝槩亦足以少洗簿書役矣數年兵火之禍何所不至獨此地清涼安穩豈非林屋洞天金庭玉柱為神仙窟宅有物常護持耶余願挂冠終老此間也詩云

小舟乘風飛鳥過萬頃雲濤縱掀簸此行要是快平生

無数青山笑迎我山根隐約見人家槿籬茅屋埋烟霞
究似秦人種桃處川原遠近紛香葩杖藜徑踏華山去
試問蓮開今何許路迷絶壑蔭松筇身到半山聽魚鼓
道人為我開雲堂是中境界渾清凉幽磬時和野鳥語
飛泉暗瀉岩花香文書照眼本吾事雁鷲著行敗人意
造物似憐厭世囂挈置湖山頃一洗何人夜呼隐去来
向来得喪真山崖金庭玉柱永不改人間刦火空飛灰

葛勝仲

弱水無風到海山慈容親礼紫旃檀亭亭宝刹凌雲近

湛〻清流漱玉寒橘瘦暗飄紅萬顆竹迷曾蒔綠千竿
藕花不是南朝梦真有残香透画闌
○観音院在洞庭山宋元嘉安禪師所建華山院也隋
大業間廢唐開成間再建咸通間賜今名
○○靈泉贊　孫靚
良哉大士溢此靈泉世有熱惱一酌而痊方池何産三
級紅蓮無實可味有根弗傳世紀大士浮海而來攜此
二物寘之山隈青〻之枝其洒此哉躚〻之衣其裂此
哉唯此小湖實補陀山我來稽首瞻仰尊顔挹水啜之

清入肺肝塵垢銷落身心蕩然嗟〻此土奉事弗篤百尺頽基数椽敗屋如泗僧迦習玩成瀆對面却迷貴耳賤目惟聖惘狂存乎克念歸斯受之匿瑕磨玷弗畀莫求弗施已厭信受之者亦得是瞻汝心如泉泓然弗迁汝身如蓮離垢芳鮮大士可之詎曰舍旃一彈指頃超證無邉」

○洞庭西山湖中観音教院在吴縣西南一百五十里」即旧小湖院也相傳唐乾符中有沉香観音像泛太湖而来小湖僧迎得之有艸繞像足投之小湖生千

葉蓮花至今有之

○○半塘重修塔記　　魏憲

半塘聖壽浮屠按旧記云晉義熙十一年名法華塔詔
賜國材以建由晉歷唐距宋與凡一再改造歲久寖壞
先君開府覽之慨然若契夙願寔始修焉建炎庚戌之
亂塔復廢憲不孝頑瞻餘燼夕惕于懷曰此吾先君所
植德者也疇不敢勉于是傾貲度財載加營繕紹興七
年七月二日工告訖功初道生法師有童子能誦法華
經死葬半塘其後過客夜聞誦經声跡之莫見其人旦

視童子塚有青蓮花塔之建蓋權輿于此迨今幾八百年矣而鳩工之始役夫夜方寢復聞誦經声琅然出塔數夕不絶嗚呼異哉僧了勤以其事來告因為之書顯謨閣直學士左大中大夫提舉江州太平觀吳郡開國侯食邑一千二百户食實封一百户魏憲記

○半塘法華院在長洲縣西北七里綵雲橋西寺有稚兒塔晉道生法師有誦法華經童子死葬此義熙十一年商人謝本夜泊此岸聞誦經声旦尋求見坆上生青蓮花郡以聞詔建是塔號法華院紹興七年重

修鳩工之始夜聞誦經聲于塔中数夕不絶

○○崑山天王堂記　　　　王洮

有釋氏子宅于馬鞍山下者一日忽扣太原王生洮促足角坐涵意欲浼不能者数四頃乃作曰欲以天王堂事労筆端謹按釋氏書云天王生于闐國作童兒時猶能血鏇（鏃）射妖遂去走天竺遇金仙子授記護閻浮提補多聞王騰雲跨漢彀兕撚魔霞幟雪戟指勾摧泮竟鎮妙高北面水精宫中為藥叉官長吁奇怪事孔門弟子慙于語然儒以正直為神今天王能射妖摧魔用壯護

世是亦正直也復何慚之哉按馬鞍山踴出平原中絶頂暗望他山百餘里緣接培塿咸溝穿塍織坦然鋪出復多奇石支疊危柱釋氏築室鑿倚山半今天王堂寔翼西北隅塑狀岳聳屹然拄空金精獰環力溢膂腕[illegible]卒象伍作爲部落堂宇宏麗四簷飛翬麻靈庇像若腴瞞被甲擔戈立于烟靄洮因劳其費進曰非某力能皆邑氏爲之塑實成于張弘度堂寔成于俞師甫吁大凡力于耕者一人切于穫者三人豈偶然于天王哉釋氏子姓闕號清建姓趙號良顗時唐大中三年鄉貢進士

王洮立

吴都文粹卷第八

吴都文粹卷第九

宋　蘇臺鄭虎臣編集

慧聚寺聖迹記

僧辯端

至道二年冬端自杭州至于姑蘇遂謁郡太守尚書户部員外郎陳公一見若舊識乃盤桓于是邦得游其屬邑三年春二月届于崑山縣寓慧聚寺未數日會公聽理之暇出巡水塘相繼而至又得以陪從嘉賞周覽古跡且目其孤巒奇秀屹立天際曰馬鞍山也群岫相去皆百里而遠極頂四視東連溟渤西接洞庭原隰溝塍

坦然鋪著初至寺陞殿尋碑讀記厥石斷壞其文残闕年月名氏皆蔑然也乃詢諸寺人有耆年宿齒者徵以舊傳乃得唐人博陵崔子向所記之文畧叙其事先是梁天監十年有帝之門師吳興沙門釋慧嚮姓懷氏久居内寺一旦歸省而至是山有息焉之志因放錫禪坐于山脇石室間以二虎為侍師方運籌思立精舍忽有神人見師之前曰願施千工以成其事其夜風雷震吼林木號怒近山之人聞撲斲之聲翌日而奇石矗疊廣階駢城其方截如也延袤一十七丈高顕一十二尺盖

山神之役鬼工也時宰縣者異其事聞刺史奏武帝因造寺焉遂立正殿于其上勅張僧繇繪神于二壁圖龍于四柱每雲陰天瞑則鱗甲皆潤湛湛然及有浮萍者或曰多興疾雷鼓巨浪於江海間後勅僧繇畫鎖以制之洎唐武宗會昌中詔毀天下佛宇玆寺嘗在毀間大中五年宣宗皇帝重闡釋門故寺僧清江以其靈跡聞郡守韋公于是奏再興焉凡今殿閣像設非梁製也唯神砌存爾觀其神跡規制皆窮奇極壯造化所成信非人力遊者觀之莫不虩然心懾而股慄魂驚而毑駴茍

非嚮師至德通于神明又疇克臻于是耶茍非山王靈感昭于有德又胡能成其績耶又前後曾未有郡牧至此者今陳公博古聞異來而覩之久以嘉嘆因謂端曰前記湮沒來者昧其所從請摭其寔庶垂于永久端雖菲才忝辱厚命故抽毫以書時至道三年孟夏也

○○慧聚寺聖跡　孟郊

昨日到上方片霞封石牀錫杖莓苔青袈裟松栢香晴馨無短韻晝燈含永光有時乞鶴歸還訪逍遥場

張祐

宝殿依山險凌虚勢欲吞畫簷齊木末香砌壓雲根遠
影窓中岫孤烟竹裡村凭高聊一望歸思隔吴門

和前二首　王安石

僧蹊蟠青蒼莓苔上秋牀露翰飢更清風蒻遠亦香掃
石出古色洗松納空光久游不忍還迫迮冠蓋場
峰嶺互出没江湖相吐吞園林浮海角臺殿擁山根百
里見漁艇萬家藏水村地偏来客少幽興秪桑門

慧聚寺詩并序　朱明之

離常熟至崑山泊慧聚寺而詩情猶壯復為二章附于

五題蓋山雞自愛其尾亦欲以多為貴也

古寺有遠名欲游先夢生飛猿磵底嘯靈鳥雲間鳴影
客楼臺衆香繁艸樹榮何年照佛火燦燦長光明
石林高月生蘚閣竦磬鳴宿鳥夢難就空僧魂更清香
風動花影岩瀑飛玉聲遥夜坐来短但餘天外情

○崑山縣慧聚寺在縣西北三里崑山一名馬鞍山世傳殿基乃梁天監中鬼工所造半疊石室為虛閣縹緲如仙府他山佛宇未有其比山上下前後皆擇勝為僧舍雲窓霧閣間見層出不可形容繪畫也吳人

謂崑山為真山似假山最得其寔大畧見張祜孟郊詩及盖嶼所作圖序皇祐中王荊公以舒州倅被旨来相水利夜至寺秉炬登山閱張孟詩一夕和之遂為山中四絶一山中登臨勝處古上方為冠月華閣妙峯庵次之山之上下又有留雲翠屏翠茂夕秀諸軒及凌峯翠微垂雲諸閣不可盡紀淳熙中月華先焚上方次之既而寺災煨燼無遺自唐以来名賢題詠石刻殿柱雷火篆書又楊惠之所作天王像李後主所書扁榜一掃無迹今惟山圖僅存于收藏之家

石亦燬矣山後掘地多得奇石玲瓏纖巧好事者甚
貴之號崑山石

○○　景德寺諸天閣記　　　　范浩

浮屠氏傳西竺一乘流入中國倡天堂地獄禍福報應
之說風動世俗波從信向者往〻悔惡從業而歸之善
其亦有補于教化矣昌黎嘗言自其西來四海馳慕結
樓架閣上切星漢處〻嚴奉高棟重簷闘麗誇雄自唐
已然雖妙言論如退之亦嘆其不可遏止也崑山普賢
教院有閣翬飛下俯鱗宇碧櫺丹拱隱霧延暉森列諸

天勢欲浮動使人髮立凜〻生肅心每陳供辦香氛靄
鬱葱神若天墮馭風而翔雲端觀恍然復疑身之排金
闕而造瓊樓也予嘗訪禪者曇益固見住持講僧淵問
誰為此其言政和癸巳苾芻義明演經丐錢創興普賢
院邑人沈饒募緣增堂廡以侑道場今年夏五月沈又
感夢率衆建閣豪姓辛琮獨又畫刻諸天十六尊像遠
邇信向摩肩投體禱福祈年應不旋踵念此殊勝緣要
須書以信諸世因請予記之靖康丙午季冬既望奉議
郎新濟王康王祁王府記室范浩記

景德寺在崑山縣西南即東晉所置宝馬寺

〇〇　惠嚴禪院法堂記　　曾　旼

崑山縣治之東有禪院曰惠嚴始唐末嗣禪師以佛學名一時故鎮遏使劉瑨為建院以處之嗣師既去其徒以世及續居者百五十餘年屋老而敝徒不能葺熙寧四年主僧惟已請如嗣師故事復以院待學衆之來游縣以聞州命選于衆乃得惠元禪師畀以住持于是四方之士不期而自集一境之民不言而心化因相與視其屋則又皆曰此豈人法之所宜者遂謀新之鄉人聞

命樂輸以助先為法堂寢室凡二十楹始事于元豐元年之秋來歲仲夏二日畢工師曰不與俗交非與化為人也則記其事以慰作者之勤其得已乎而法堂寢室豈特以休耆壽者之身佛之法傳乎其中矣非知吾法者不能為也以書屬余曰幸為記之予聞釋氏之書曰所言法者謂眾生心是則攝一切法釋氏之言心法如此則吾先聖人所謂天下之至神者是也夫心之為物微妙寂通故用之彌滿六虛廢之莫知其所不古不今神而無方信乎廣大高明超于名迹豈言與書之所能

盡哉是以學者欲其深造于道而自得之也當梁之世釋氏之教最爲盛時然學其法者亦泥于言學其書者亦忘其真天竺之師達磨始自其國來其曉人也直示道心使之研幾見獨盡豁幽滯則廣大高明皆我固有豈如老身窮年敝精神于名迹而已者乎于斯時也道之不明久矣聞其風悦之者六通四闢如醯雞之發其覆而見天地之大全雖中國之士大夫欲息于道者亦從之游故傳其法者所居而衆至所教而誠服待人之餉而後食待人之衣而後衣或汎求于人而人亦不以

為厭也其居之至則崇棟廣宇極于壯麗敞則衆相與新之而人亦不以為侈也蓋聞其道而心化者皆將虛已以游于世則其驕吝之意消而能尊道輕財固不足以言也惟此堂室師之居此湛兮淵靜廓然朝徹資道之侶還至而時集顒問于堂容叩于室宜其迷者自覺疑者自信神悟心照不知其然堂室雖無與于人法亦人法之所依也則作而新之者其澤豈易竭哉云云元豐二年八月初一日常州團練推官將仕郎試秘書省校書郎前充曾州州學教授曾旼撰

○惠嚴禅院在崑山縣東三百步梁所造崑福院也

○○常熟縣東五十里明因寺新改禅寺記

陳于

常熟縣東七五十里有雙鳳鄉有村支塘而寺于其間曰明因昔嘗曰永昌又名再昌至于國朝祥符改元始易今額至熙寧六年遂為禅寺土不変壊人不更聚而名目之不同者時異事異宜亦尊佛而已佛以一無冐一切有以一真破一切妄一切法是有我何使之無我本無〻今安得有一切法是妄我何使之真我自非真今

安得妄一有一妄為有情故一無一真為無情故此禪、
律所由判也東西分祖南北異宗以攝成名律以見理
名禪此禪律所由盛也夫律為漸禪為頓而為之徒者
以禪受仆方以律傳父子因而反戈自伐與俗同汚其
不見僇于世者無幾初僧文曉由是與流輩有不平者
以事至有司遂攘臂鼓衆更律為禪自今日始懸為闡
府府下僧籍蒐可為領導者衆薦今禪師紹聸而府可
之師至其徒有不悅者豫空其室以遁其頹垣壞壁蕭
然如無人之墟師収付遺衆繕葺故廬鳴鐘擊鼓晨唱

夕和欣〻如也規範僅舉徒衆僅安歲輒大凶而水且
旱百里荒蕪其八人輒大疫而逋且逃十室虛其九嚴
不轉之心奉一寔之事根無利鈍應病用藥其徒以此
親施無厚薄均福田相鄉人以此敬八年于今而門之
外導長涇以利衆長涇之上营石橋以便行堂室龕殿
雖未及美而小康矣因師請記之論次如此若夫門未
華殿未紺而丈室未敞此必有待于他日余不得而書
也元豐四年五月十五日前常熟縣尉陳于撰

勝法寺輪藏記　　葉夢得

佛法自漢入中國即與其言皆来然未嘗若是侈也至
晋宋周隋之間鳩摩羅什之徒出更相傳譯轉相付授
于是其書之至者日以廣源流既遠往々失其本真梁
武帝時始有言心法者一切以廓然無我為宗不立文
字佛氏之學遂判為禅律兩岐其後更数百年學心法
者雖益盛然其書未嘗卒廢自隋開皇至唐開元正元
以来凡列于目者曰大乘小乘曰律曰論剖分甲乙鱗
次櫛比雖假托疑似謬妄之辭茍不叛其說亦莫不具
在其傳至于今不絶昔吾儒者之言僅出于中國其道

在天下昭然若揭日月而中遭秦火雖六經不得為全書殘編斷簡出于屋壁丘墟之餘與一時遺老所誦習雖幸而獲存然顛倒錯謬固已不勝其弊其他諸子百家各以其藝自名于時者近數十年遠或百年皆已湮没無聞而佛氏去中國教萬里其言率一譯而後見乃全而有之愈久而益著何也豈其言皆足以示後行遠使人欲廢而不可欤盖為之學者皆知信其所習而尊其所聞相與謹守嚴奉手傳口誦而不敢慢非有意于借資取便階梯所欲嘗探而忽忘之者然也常熟姑蘇

别邑梅里鎮又在邑之東北海上有寺曰勝法故無藏
經崇寧二年長者道渊始募衆緣為之渊强力明果學
心法者也居勝法二十一年與始至之日無異工既成
見余雲上曰並海之民不耕而漁其習以多殺為事而
不畏罪與之言吾理則惑教以其書則怠惟轉輸藏侈
極雕刻彩繪之觀以致其莊嚴之意可使凡徼福悔過
者一皆効誠于此吹蠡代鼓機發軸運神象設駭于目
而音聲接于耳不待發函展卷而其心固已有所向矣
然邑民瘠而艱施歲且多潦有欲成其事者而屈于力

其力足以及之者而窘于歲蓋竭吾勤而後能成不有記其畧無以慰此志也因請余文至再三不已夫物之盛衰存亡固不可皆以力致然未有不存乎人者服儒衣冠者偏天下不能盡有其傳而佛氏獨能持久若此是必有當其責者因推其所以然書以遺之非特志淵之勤而已也政和五年六月十日記

○勝法寺在常熟東三十五里

○○題永慶寺　　李湛

巖扉開早涼谷鳥遠分翔花氣湿幽徑磬聲清上方雲

生松澗底花落蘚池傍致有遺榮志移時坐石牀

永慶寺在常熟縣西北四十五里

重修延福禪院記在常熟縣　李　湛

蘇州常熟縣海隅山舊有延福禪院蓋出于梁天監之初自唐會昌廢毁存者無幾端拱二年今長老惠明大師希辯荷天子榮命歸止于斯而鄉耋里氓為之捨土木畚鍤之功大作廣宇峻厦不五歲而告成于是有隆博而門者有炳焕而亭者有顯壯而堂者有邃麗而室者有虚揭危累而塔者有雙延相敞而廡者有表門背

室紆遮峭植而垣者抱塔之趾又有圜覆壞架四十而
院者居高而頎望周旋自下以相祛之翼舒鱗萃輝照
可鑒會奇集勝狀不能盡即以主者處師俾悉得而專
有之師當錢氏列國時從學于天台山既大成而有聞
被召入為惠智禪師居普門寺演法暨餘杭國除隨詔
詣闕上御滋福殿引見宣授紫羅命服及内府帛五十
疋復賜師令號面之京師天壽寺淳化三年上御製草
書急就章一卷逍遙詠一十一卷秘藏銓三十卷太平
聖惠方一百冊藏焉恐後未諭其來故按其寔以錄之

至道二年冬十月二十四日鄉貢進士李湛記

○○新建佛殿記　陸絳

近代儒家流以韓退之闢釋老賢與不賢皆欲隨而去之未熟思之甚矣夫受天命者莫大于君中國其間哲后辟王治亂興亡之運接跡而不可勝數至于治而興者則諸儒必曰非人事也天之數輔治世而興者也亂而亡者則諸儒亦曰非人事也天之數厭亂德而亡者也夫如是則治亂興亡之運莫不推之于天韓退之有唐之大儒以堯舜禹湯文武周孔之道不行于當世而

釋氏之教寖盛于中國故力排之若原道篇佛骨表之類皆著辭深切疾時君奉之太過其所以然者誠欲抑之抹其寖盛未始不為釋氏福迨言弗納而身貶也彼得以益其惑遂有會昌之禍豈非道隆則汚物盛則衰之効歟然會昌廢之未數年而大中復之易如走丸疾如反掌得非天未厭其教乎噫大道而有仁義而尚狙詐金仙氏之說其有不興乎由是源于漢流于晉宋齊梁間與吾儒老子之教鼎峙于中國若夫本空寂破迷妄以出生入死之說為與善滅惡之筌蚩蚩之氓從而

遠罪則如来真意深乎救世者也而時君奉之或多立寺宇以徼福或廣度僧尼以崇敎上焉者倖之下焉者化之如之何不爲後世弊蓋崇之者反于其道焉耳文中子曰齋戒修而梁國亡非釋迦之過此言得之我國家四聖御極灼知化源寺觀沿舊而無所創置僧道限年而入必訊以行能故天下名山勝槩非道存乎人孰能與此姑蘇走百里有邑常熟邑西偏有佛宇曰寶嚴、即梁天監中所建也倚山面湖秀若屏障嘗有希辯師者心悟大乘是焉棲處錢氏伯國時以名聞名歸餘杭

錢氏獻土隨詔請見賜紫方袍號曰惠明大師既而獻
居京國歸隱舊刹錢氏以師人境俱勝復施金五百兩
造七級浮圖淳化中太宗皇帝訪賜急就章逍遥詠秘
藏銓太平聖慈方凡一百四十三卷以旌高風院名舊
曰延福天禧中邑尹胡順之飛章上請改賜今額院佛
殿歲久無尺椽明道中武陵顧顕邑人李仁壽等捐厚
資貿良材經始于景祐之丙子落成于慶曆之乙酉壯
而不華麗而不陋絳里人也偶為兹山之游目擊諸公
之善以文見托得以直書時慶曆六年正月一日記

寶嚴禪院在常熟縣西一十三里舊名延福天禧中改賜今名

常熟縣興福寺再修功德記

此寺始自齊始興五年因邑人郴州牧倪德光捨居第置之是為大慈寺至梁大同三年改為興福寺自為邑為寺歷陳隋四代迄於吾唐甲辰歲踰三百年會昌末釋教中北僧難聿興武帝斥去浮屠法茲寺在毀拆數大中踐祚再恢釋教俾飾伽藍先是大檀越主吳興錢公某吳都顧罕汝南周垣與彼親友兼募信士助修塑

像添達（造）殿堂奂赫垂芳傳之不朽以雋僑居是邑廢之
興之耳目相接俾書其事有愧斐然時中和四年六月
伍日記

○○　題興福寺　李湛

雲門千里長殿塔明朝陽半夜風雨至滿山松柏香清
猿嘯遠樹好鳥鳴虛廊塵土斯可濯胡為誚滄浪

常建

清晨入古寺初日照高林竹徑通幽處禪房花木深山
光悅鳥性潭影空人心萬籟此都寂但餘鐘磬音

僧皎然

秋風落葉滿空山古殿残燈石壁閒昔日徑行人去盡
寒雲夜夜自飛還

○興福寺在常熟縣西北九里唐寺記云始于齊始興
五年按齊無始興年號但有延興中興二號皆止一
年流傳之誤如此既是唐碑姑存之即常建題詩處

○○瑞石菴記　　錢蒃

頂山之巔直上絶險怪篁奇木陰森鬱翠之中有瑞石
峭拔不可窮極而龍母之塚神龍之地環崖其方邑民

禱禳水旱曾不告召而千里畢至明道紀元之初浮屠守常者能默誦妙法蓮華經邑民陳氏屋其下為菴召守常者持事之自是禱禳必應福在一方守常死菴其下者不得其人則禳禱不効水旱相仍嘉生不遂邑民以為戚迨今治平丙午縣大夫向侯因民之欲命僧惠安拯廢舉墮蓋廣其方以起民之歲時祈禱之誠夫窮岩絶境龍神之窟宅足以為一方之福遇人而興其信誠之應効蓋不可輕已神之為靈嘗陰寂無形不可得詰而若依人以為報其能不逆民之心以嚴香火之地

以致誠于陰寂不可詰之間而為民取福善之應蓋亦、賢于無所用心而欺闇以悖人者之為也丁未春正月承奉郎守尚書祠部員外郎充秘閣校理通判秀州軍事兼管内勸農事騎都尉借緋錢藻撰

○瑞石菴在常熟縣頂山

○○新甃頂山路記　陳于

常熟居海濱地無大山縣依山之陽是為隅山以瀕海之隅也又名虞山以昔人虞治于此也山北行九里是為破山以鬬龍破山而為澗也又北行九里為頂山又

北行六七里爲小山〻之南北相距纔三四十里而名
已不一矣又合而名之或曰烏目山焉縣人往還以舟
航爲安向視道路無不勞苦者自縣至破山即有興福
寺又至頂山即有頂山寺其路隨山〻皆沙石人跡不
頻則榛卉爲之茀雲雨暴至則泥潦爲之塗昔之僧于
興福者憚其如此累甓以甃之然自縣之北門以至興
福之寺門而已因仍遲久未有以動心者今頂山中峯
菴主懷表始自破山之雙塔甃之以抵頂山之寺門兆、
于熙寧八年之孟春成于元豐二年之季夏雖以堅爲

之心感向化之人而必吏五年方即成功古之治田澮上有道川上有路而道路不除當責于任事者雖州縣之吏時有鋭意臨之而後或無成亦又有其意而不得自任以為責者今懷表非徒能甃路而已又能建雙塔以鎮交衢之衝開四石橋以濟往来之阻是能為縣官之未為者而以佐縣之不逮吾其可以無書元豐三年三月　日文林郎試書省校書郎守縣尉陳于記

○○游頂破二山浄居院　李湛

入門松桂深清氣生人心霞影迷窓綺花光照地金徹

風起層閣初月升高林中夜䰟自健湍室鐘磬音

○淨居禪院在常熟縣西北八十七里舊尊勝禪院也始于梁大同二歲唐會昌廢大中初詔復天下精舍院復興廣順中錢氏有土僕射陳湍憫其隳陋首出已財集群㢋同作佛殿其後始獲禪子尭鋤荒以廣其地端徑以闢其門聖宋咸平六紀徧募豪族以重、新之

○○陸河聖像院記　　僧仲殊

生民之欲者富與貴而已富貴知道德稱為君子君子

所居鄉党歸之是故博施濟衆君子之所職也率人為善君子之常分也在西方之教謂之居士長者乃利益及物因以為氏故釋迦如来號刹利氏謂利益所及一刹土耳中國有天〔大〕聖人作自太祖皇帝至今天皇推原開闢以来未有太平如此之盛也　化隆侈天下富楽比屋可封餘力閑暇人人得以講性命之宗究死生之本覧罪福之要互相勸飭思所以因教而遠〔進〕于道夫三教之用雖趣尚各異要之為善其揆一也佛法之盛莫如姑蘇白沙又居其上游附海膏腴地力十倍朱君肱

承父業起家稱爲右族父某天資好善嘗游陸河聖像
院覩大殿摧圮首施家財募衆興工嘉祐八年夏績用
成就熙寧初再造佛像未畢而終君能追誦先志紹聖
三年二月畢刻石作記以告後來紹聖四年十月雲川·
空叟記

○聖像院在常熟縣陸河

○○應天禪院記　僧曇義

唐大中七年歲癸酉里民沈揆捨莊地營之迄乾符二
年乙未歲剌郡者始以狀聞詔下賜名額因顯德二年

嵗在乙夘始建殿宇始立貌像香炬鐘梵蔚然道場年祺綿渺名存寔亾大宋咸平五年壬寅嵗超師進道之外慨然繕葺市木名匠運斤畚土不歷数稔壯麗寶坊大中祥符四年辛亥嵗重建正殿巍巍大壯屹若山立金碧丹雘煥赫顯敞云

○應天禪院在吳江縣西南一百里

○○無礙院普賢應夢記

西方有聖人懸隔山海在中州十萬里之外累数十譯不能通而學道之士秉心端嚴不入諸相一念瞥起遂

撫四海于俛仰之中矣予嘗過松江無碍院兵火凋残寺之入于草莽者十九獨有普賢一堂像設中峙丹青輪奐之飾炳然余問其故僧曰邑人宋邺者營築此堂為公媪追福之地夢一大士戴華冠被珠珞乘白象手執如意而翁媪導其前神清安穏蕭散如平生不見留滯冥漠幽陰之態既寤嘆曰此普賢大士也于是敬信之心日以精進又圖其像于家事之益虔通俗咸共瞻仰焉余聞惟聖人而後知死生之說鬼神之情狀人子念親屬纊之後影響昧殊然不知其所之也歸依佛祖

涕淚請救援之火宅為清涼山出之苦海為極樂國解六結為解脫門破十習為無上道諸佛赴感示現神通起幽作匿揵逾響報無可疑者荅曰如是請書其末紹興二十年歲在庚午三月望日晉陵孫覿記

○無礙院在吴江縣松江之上

○○永福院記　李杼

累土畫沙童子戲也皆足以成佛況乎建心廣博勤苦功用以是因緣而作佛事利益一切衆生則佛之道豈難成哉平江之北六十里有墅焉曰八赤前俯洞庭太

湖旁連震澤甫里魚稻之美商旅舟楫之所趍會居處聚落殆且百家其民淳而樂業日以遷善農夫合耦以相助幾于上古之遺風舊有積廬中庚更煨燼僅存遺址比丘宗潤即其所處為接待院延迓四方雲水之客若見若聞皆爭捨施貧者出力富者出財巧者出技皆捨所愛及諸結集記用有成三山門方丈堂宇庖湢皆易新之嚴潔精　具足衆妙為往來者駭心動目之觀序其寔以告具石請記之為書其略云紹興二十一年八月日右承議郎差權通州秀州軍州主管學事李杼記

○永福院在吴江縣八赤

○○殊勝院記　　　　蔡　京

草創于崇寧間時丞相蔡京趍朝道由平望因覩寺僧書華嚴經僧以寺額為請蔡問書經至何品僧云至殊勝功德品蔡笑曰當以殊勝為額已而蔡當輔遂得殊勝勅額寺有僧誦金光明經深得三昧日課至百部人竊疑之僧有誦云我誦光明經自得三昧力舉起便周圓何用高散覔一日三百部日輪猶未昃見者揔生疑我自心堅寔

〇殊勝院在吴江縣平望

〇〇吴縣廳壁記　　　　　　梁肅

在春秋時列國皆有屬邑其主者魯謂之宰楚謂之尹晉謂之大夫秦時天下始置令長宅一同之内操賞罰之柄有民人焉有社稷焉風俗善敗本乎自黎元安否繫其政其體大矣自京口南被于淛閒望縣十數而吴大國家當上元之際中夏多難衣冠南避寓于兹土參編户之一由是人俗舛雜號爲難治加以州將有握兵按部之重邑居當水陸交馳之會承上撫下之勤征賦

郵傳之繁倍有他縣夥乎其中也可勝紀大曆十一年天官擇可以長民者于是范陽盧公由太原府祁縣令為之外寬内明敬事而信政本于仁飾身以文下車三年閤境之人安居樂義而不知安樂之所從来盖平以和也夫君子立命論道之通塞不論位之升降吴縣下、畿服一等公俯而為之抑選部為官擇人而其履道從政所由然也予知者敢録其寔書于東序以播其令聞時十四年二月甲子翰林學士梁肅記

○此記得之類書中若其姓名則不復可考矣

又　　　　郭受

厥今天下經用之所資百貨之所植東南其外府也度淮而南濟江以東督府且十附城且百而田畴沃衍生齒繁夥則吳寔巨擘焉予嘗登靈巖之巔俛而四望畎澮脉分原田碁布立阜之間灌以機械沮洳之濱環以茭健則舄鹵磽确变為膏澤之野蘋藻葭菼墾為秔稻之陸故歲一順成則粒米狼戾四方取給充然有餘出乎胥口以臨震澤積水無涯而山對峙桑田翳日木奴連雲織紝之功苞苴之利水浮陸轉無所不至故其民

不耕耨而多富足中家壯丁無不賈販以遊者由是商
賈以吴為都會五方畢至𩛝市雜擾縉紳以吴為樂土
僑居閭里幾亞京雒為政者急之則怨而駭緩之則弛
而肆泛然而多容則請謁紛紜幾至于亂法㲉然而多
拒則謗詈叢集必困于遊談宰宇之任信难矣右通直
郎許君来領是邑直方不撓有骯髒之風簡易無苛得
調胹之術蓋嘗急于豪猾緩于善柔整其大綱濶其細
故為之期年而縣告治元祐六年霪雨敗稼吴民阻飢
君日慰藉而拊循之賑給務均䘏隱求實不事虚名而

為文具也予以是知君之篤于從政也舉茲以旃則其
于整彫弊而應盤錯也何有焉水災之明年君且代矣
乃悉求前為此縣者之名氏爵里將書而刻諸石顧謂
其僚郭受曰吾為是俾來者有攷焉爾其為我序諸辭
不獲命因槩敘吳風而毛舉君政之一二許君温陵人
世為學家喜博而文異日顯用于時當不獨以循吏稱
也元祐七年五月初一日縣尉兼河塘溝洫郭受撰

又　范成大

吳令壁有記尚矣唐大曆己未梁肅為之詞者令盧某

所立石亡而文傳本朝元祐壬申郭受為之詞者今許
公輔所立石雖存而中更兵燼鈌裂無幾後七十有六
年晋陵袁君祖忠政成將歸始治二石更刻之又斷自
建炎以下為之續紀寔乾道紀元之三祀歲在丁亥距
大曆垂四百年而題名三立相望可攷吏民以為盛事
然吴之為壯縣固自昔志之氣俗之微生聚之繁覽觀
之勝著于二碑者自若獨官事搶攘日不暇給必出于
甚難而後能善治視昔類不同者非特吴為然余行四
方所過縣邑數十百見大夫皆厭苦其官齋咨太息悔

向之来而憂後之不得脱余私怪其説甚哉何至于此
及切磋究之使一二其詳則曰古吏憂民而已今顧不
然蕞爾小邑負責猶数鉅萬晝夜簿書唯錢穀之知且
不能報期會有如一日姑舍是而用力于民不崇朝而
百適滿矣彼齎咨太息厭若而欲脱者真有味其言哉
今夫急催科則愧政專撫字則愧考兼善之誠难若表
君蓋幾于無愧者其政先理而後情弛例而舉法故吏
不能並（夤）緣士不敢奸以私民有訟自揣不當勝望寺（公）門以
心醉却去直者家居待報曰無庸謁吏明府自辨比坐

堂上再期人信之如一日至于大官之間須求于不有
責課于非時則又從容辦給弗以厲民率常最于他邑
嗚呼可謂難也已日莫去此至大官埶益易于爲縣其
所成就何可量按續紀所登無慮三十人而未有顯者
必將自袁君始倘余言猶信來者尚勉之八月十五日
左奉議郎主管台州崇道觀范成大記并書
○吳縣在府治之西二里廨宇紹興二年知縣蔣結建
縣門淳熙十二年知縣趙善宣重建并書額廳之西
有平理堂無倦堂、之西有延射亭天聖七年知縣

徐的建亭之南北各有小山〻有小亭南曰松桂北
曰高蔭皆淳熙五年知縣趙不惪建吴令壁記二范
成大為續紀一世代氏姓猶可考云

○○延射亭記　張珉

胥臺故封為一都會郡領五邑吴寔首之百里之封五
品之令曩歲限以常調治付中銓是將赤子奉其吐齧、
國家精求治本重字人之寄近制銅墨之任闕郎以京
僚洎朝列或幙賓以補之先是縣署古勝逼于闤闠綿
歷歲祀梁木將壞乃有前宰棘寺丞徐君繕完之朽墁

記工移符罷去則令南越郡討馮君寔代之也君世襲
衣纓練明吏術下車未幾政用佳茂乃因聽訟之隙周
睨廨舍患無清曠之所得奉讌息之娛縣之西偏旧有
幽圃俯于佛舍并吞仍歲君披圖按籍命工糞除叠繚
垣以入之由是砥乎其基而巋然為亭雲集被築而岌
乎為堋蔭以佳木之清畦以雜花之英穿治沼以類滄溟
築山以擬蓬瀛五畝之地百步之逕而嘉政足矣君衆
藝畢給受客忘疲每鋸筩絕稀簿領多暇春花爛而在
目暑風冷然罷扇秋英墜砌冬霰集楹君賞心樂事擊

之

鮮為具名貴介公子同僚諸英注弦筈以引滿擫絲管
以度曲賽百嬌之栝矢爭半先之奕路中廚出于豐饌
而千里之蒓下豉雕盤薦乎佳賓而洞庭之橘厥苞白
日督過醉賓來去燭已見跛立歌未晞雖洛中之季倫
山陰之辟疆咸有名園雅好賓侶吾不知其彼為勝此
為劣也亭之既成命賓以落之盟郡某賢公嘉乃好事
隨其景趣悉為雅名揭于華榜觀者如意此用略諸若
君愷悌之政殊尤之績采風謠者入境可知固不在因
亭以敷揚之也下幕不佞嘗從事于文墨詩書締結之

始謹用春秋之法異時宰是邑者集簪纓于斯叅大蒐于斯惟其圖之天聖七年春三月二十有六日吴郡從事試芸臺秘書郎武寧張珉伯鎮記

○○題延射亭　楊備

高臺蕪沒曲池平十萬人家古縣城烟水雲山屏画裡闔閭墳域舊都名

○延射亭在縣治中天聖中縣令廣州観察史使梁允成所作自監郡而下皆集而射之極一時賓友之勝觀張珉所記足以想見當時州縣仕者之寛舒云

○○ 長洲縣記

王禹偁

天下稱宰邑之賢者卒以宓不齊爲稱首以彈琴化民民不悉〔忍〕欺謂得致理之要也殊不知行是道者不獨繫于人亦將繫于時矣當時王室雖微王綱未絶有周礼在魯則单父豈曰乱邦有聖人爲師則子賤宜乎行道居百里之位得諸侯之權社稷民人自我而已井田車賦得均其輕重刑罰教令得濟其寬猛凶荒水旱得專其賑卹農時民力得聽其休息然則無私于心克儉于身辨田之腴瘠定賦之上下强暴者刑之以法孝弟者

旌之以礼寬其教以誘人峻其令以約吏時豊則斂之歲飢則賑之農有力而不奪役非時而不行闢之以庠序誨之以礼樂使父子親兄弟友夫婦和然後祭祀以事鬼神行賚予以睦鄉黨自然懷土不散熙、如春弗知其然而然也在上者不鳴琴而何俟哉洎王道云亡霸圖孔熾大小相併强弱相攻區、子男宗廟不保故傳曰漢南諸姬楚寔盡之又曰楚縣陳蓋縣之始也秦併天下畫三十六郡則小國皆為縣而隸于郡矣國之于郡猶身之有臂也郡之于縣猶臂之有指也國取于、

郡〻取于縣〻取于民是以臂指撫民而自養也由是
田有暴賦丁有常庸春役而夏不休朝令而夕必具小
則懲之以殿最大則攝之以刑法豈惟道不能行亦將
身就其辱還使宰邑者苟撮食免笞罵而已昔人嘆徒
勞賦歸去者為是也向使子賤復生亦將捨琴折腰奔
走不暇況行道乎雖欲不順其時不程其力亦猶建一
指而扶天柱不其難哉時使之然也長洲之名見吳都
賦貞觀中分吳縣以建之垂二百年宰名氏縣誌闕焉
錢氏享國幾一百稔專建屬吏莫得而知皇上嗣位之

二載溪南王歸于我國家始設官以理焉表仁鐵首之
王禹偁次之其土汙瀦其俗輕浮地無柔桑野無宿麥
餌魚飯稻衣葛服卉人無廉隅户無儲蓄好祀非鬼好
淫內典學校之風久廢詩書之教未行兼併者僭而驕
貧窶者欺而墮〔惰〕田賦且重民力甚虛租調失期流亡繼
踵或一歲不稔則鞭楚盈庭不能輯事矣至有市男女
而塞責者甚可哀也蓋偏中夏之政浸小國之風使今
聖人求理于上庶官陳力于下斯民之泰其有漸乎禹
偁非循良之才莅凋瘵之邑仍以舊貫民安仰哉會到

任之明年大有年也先是司漕運者轉民歲租更送他
郡苦舟楫之役糜堰埭之費者久矣至是始聽民以本
屬郡輸之從便宜也亦小康之有萌矣是歲獄訟𢇁繁
賦調中考因鳩斂民瘼平議政體總而刊之存諸廳事
待賢者以舉之所謂言而不能行者也時大宋雍熙三
年正月九日守大理評事知縣事王禹偁記
○此記兵火不存紹興十年知縣石珵重刻石吴騏隸
書

○○茂苑堂記　米友仁

長洲令尹石珵堂中才高氣剛嗜古好雅下車既久政
成事簡盖牛刀割雞游刃裕如者邑廨之東有所謂茂
苑堂前人取左太冲語帶朝夕之濬池佩長洲之茂苑
意也考之圖經即江為池距縣南七十里多歷年所高
岸為谷無足深怪訂之于古莫可得寔視棟楹之顛圮
乃鳩工而亟新之堂之南崇植以嘉木脩竹奇芳蕙艸
欝葱吐秀而森然敷陰如在丘壑邃深處與堂相直曰
百花亭即堂之西為遺屋曰尊美堂其北龜首曰維摩
丈室北向聚群石如岩谷曰緑野軒又南開竹逕曰緑

筠庵皆增廣而揭以是名琴書雅玩陳列于中客至則閱古賞奇試茗烹飲必與之從容竟日怡然自適曾不少倦後之君子游息乎其上要當勿復剪伐如甘棠之愛頋不懿欤紹興己未季夏二十日襄陽米友仁元暉記

○○題茂苑堂　方千

坐看孤峭却勞神還是微吟到日曛松鶴認名呼得下沙鷗飛處聽猶聞夜闌亦似深山月雨後惟聞滿屋雲便此逍遥應不易朱衣紅旆未容君

○○移任長洲縣五首　王禹偁

移任長洲縣舟中興有餘蓬高猶見月棹穩不妨書兩碧蘆枝亞霜紅蓼穗踈此行紆墨綬不是為鱸魚

移任長洲縣孤帆冒雨行全家隨逆旅一夜泊江城身世漂淪極功名早晚成惟當泥尊酒得丧任浮生

移任長洲縣窮秋入水鄉江涵千頃月船載一蓬霜竹密藏魚市雲踈漏雁行故園漸迢遞烟浪白茫茫

移任長洲縣辭親淚落衣折腰雖未晚搔首欲何歸曉月霜華重晴山栗葉飛江頭鷗鳥在應怪不忘机

移任長洲縣沿流漸入吴見碑時下岸逢店自徵酤野廟連荒塚江禽似畫圖高堂從別後應夢宿菰蒲

春日公舍偶題

薄宦苦流離壯年心力衰鶯花愁不覺風雨病先知曉月晃竹屋寒苔叠槿籬無人慰幽寂庭柳自低垂

長洲遣興

七十浮生已半生徒勞何日見功名折腰米賤堪羞死負郭田荒好力耕庭鶴慣侵孤坐影隣雞應信夜吟聲年來更待賢良詔咫尺松江未濯纓

妻兒莫笑甑中塵只患功名不患貧自覺有文行古道、
可能無位泰生民烟村舊葉劳歸夢雪屋孤燈照病身
投老緑袍未休去九重天子用平人

長洲　　楊備

太湖東面即長洲臨水孤城遠若浮雨過雲収山潑黛
管弦歌動酒家樓
花光帶露柳凝烟茂苑笙歌已沸天有客尋春拚一醉
書樓紅粉洞中仙
○長洲縣在府治之北三里長洲縣分自吴縣自唐以

来為名邑本朝王禹偁常爲之宰哦詠最多邑望益
高縣有茂苑歲寒二堂掬月蟠翠二亭

○○蟠翠亭記　　龔頤正

申國呂君宰長洲之明年行受代矣一日公退吏散約
客相羊縣治之圃時屬初夏紅紫事休宿雨収霽新緑
欝勃林采煥發荃葉左右屏列餘花錯落如綴珩珮有
風徐至芬香襲人乃命酒坐蟠翠亭上君指柱間仲公
彌性之詩有云樛枝密葉翠虬蟠者曰名以是為花故
也余居此之日久矣宰夜漏未盡起視事漏下五六刻

猶不得息裝懷倥偬于薄書期會間領畧于此蓋不一二数也適少間拾餘材為支其將傾葺其甚弊朽腐則新蠹而墁之示不欲以將去而怠其事焉方此佳時一杯相屬客盡歡于是楚人龔養正使折花侑坐起以酒屬君曰夫草木之生其性也遂深山大埜清曠廣漠春敷秋隕付榮瘁乎自然亦復何有不幸而名人從而玩之封植矯揉揠助其長而人方以為異而喜要非其性分也士而志于用小而小大而大其得而遂耶達者視之犧尊孰先于楓柳蓬艾孰後于蘭蓀耶抑余聞卬

蜀山林中此花如積粟城蘇公詩半垂野水弱不墜直上長松勇無敵等語概可想見君賢者後號有家法周旋州邑老益更事且有用于時頎欲遂其私且不可得若余者其將遂余生乎異時尚記前後二公之詩見此花為一笑君引飲釂遂書以記之時淳熙戊戌四月上澣也。

○蟠翠亭在縣治仲并建呂存中重修

○○企賢堂記　黄由

長洲為縣肇唐萬歲通天中至于我朝雍熙元年翰林

學士王公諱禹偁字元之濟州鉅野人寔来為令滿秩名為左正言直史館公自叙其時侍親而行姑蘇名邦號為繁富魚酒甚美親年方踰耳順子孫滿前多自樂者形之于詩見之家集至其論榷酒惧遺斯民之害則憂深思遠反覆陳之為廳壁記則欲激其風俗遲之教化抑兼并而哀流亡所謂鳩歛民瘼評議政體以待後人則其言皆凛然是知公凡所以為訓者其言皆不苟發也惟公首倡斯文濟之忠直全名大節見諸國史如廬陵歐陽公眉山蘇公豫章黄公皆嘗退述為詩賛極

其推尊自是公之言誼風烈在人耳目表〻愈偉後公垂二百年今令曾君德寬来亦将終更頋縣治之東堂壁間有公之子嘉言所序題名記継往来之詳與踵武之嘆讀之慨想因求公像于虎丘寺繪之堂上而扁曰企賢併刻三公之詩賛于石髙山景行用志則深異時永陽黄岡之祠冠佩陸離以儀以瞻並峙相望足以使有識歆聳起敬慕矣淳熙九年十月一日邑人黄由記

龔頤正書

○企賢堂在縣治淳熙九年知縣曾㮚求王元之像于

虎丘繪之堂上其詳見于郡人黃由之跋

〇〇曾程堂記　李處全

余同年友高君炳儒主吳江縣簿之二年既請于府縣以新治舍又即其西作堂三楹爲退食之所規制穩密不庳不隆榜之曰曾程以禮部尚書贛州曾公楙中書舍人新安程公俱嘗爲此官示尊賢也且屬余記之余幼侍先君獲拜二公席益知其文章議論軒輊一時在京師已嶄嶄有人望曾公既登華近而程公亦賜第擢館閣迄爲中興第一流先後典內外制渡江文物追配

中原二公有助焉其去此雖遠而流風遺跡猶或可攷
尚友昔人炳儒得之矣炳儒行終更去一紙書入光範
門諸公當争挽致之由西恒入北扉丹青帝謨鼓舞群
聽則于二公何羨雖然孔子之賢〻孟子之論世其尊
德樂道之風可少廢耶後之君子將有取于斯文乾道
三年四月朔日贊皇李處全記
○曾程堂在吳江縣治主簿廳縣之西
○○　新修主簿廳記　　范成大
州縣之任古謂之宦遊豈直以斗升易農而已哉名山

大川雄尊奇秀之境從事其間足以窺覽覌而昌神明
古之君子固有樂乎此矣松江太湖水國之勝當天下
第一四方好事者想像其處欲至而無由今行臨東南
士大夫假道以奏名場與夫商賈百族擢船而逐利者
飈驅相摩此其人皆有所期會囂呼争先亂次以濟終
夜洶々有聲其勢豈能少留而一寓目是雖日過乎前
而與未始至者奚辨余家吴門莽蒼在望又無聲利火
馳之役宜能數遊而躬畊作苦正爾少暇日私念誠得
築室蒿閒下隣三高以朝夕于斯吾樂可勝計耶乾道

丙戌八月既望閶從容汎舟垂虹主縣簿高君炳儒適
新作治所落其成余與覌焉蓋自始役至是七十七日
而閈閎高照牖戶靚深髹績壁鏝皆中度程既聚廬之
者須無一可恨而為之讀書之齋休坐之堂修竹繞圍
光景瀟然所謂垂虹者乃在其旁数十百步耳夫出有
江湖之趣居有清蔬之適此固古之君子宦遊之樂而
余素頎朝夕于斯而不可得者病儒之職會計當而已
無催科敲朴之煩奔走將迎之勞而有可樂者如此于
是求文以為識余聞漢高士不為主簿孫子嚴從舍而

有喜色士未遭隨所遇而安其可愧者不在我也炳儒有文學行誼而不畀其官又作意而新之視祭竈請比隣有加焉其志固未易量姑爲序其所可樂以告後之賢者使共之明年二月一日順陽范成大記并書

左迪功郎平江府吴江縣主簿主管學事四明高文虎建

常熟縣題名記　　曾慎

常熟爲縣其來久矣舊爲毗陵郡南沙縣至梁改爲常熟自梁歷唐由唐迄于僞吴幾数百年前尹是邑者姓

名莫或紀錄故不得而考本朝太平興國中錢氏以圖籍歸于京師始于縣令蔣文懌至元豐初知縣宣德郎劉極求得其姓名凡四十有二人列之板榜置于廳壁角自此來尹者至則書之覌其間相繼登金門上玉堂儀羽堂閣正位樞極蓋翩翩焉未見其止余因承乏處板榜不足以久傳于是命工鐫之于石立于廳之左闕者補之庶為不朽之傳宜覌名列以勸方來俾尹斯邑者如夫儒之効愷悌及民延福百里庶幾乎刊石而無愧也紹興二十一年九月魯國曾慎記

○常熟縣在府北一百五里

○○常熟縣新建順民倉記　祁　淑

治平二年河内向侯作新倉成嘗語予其始終曰吾至之初見太守永州陳侯席不暖陳侯曰常熟大縣也考其民版之數至四萬戶歲輸之粟至八萬石有倉汙庳迫窄總容四分之一濱江之民遠者百里水浮陸走捆載而至倉或既盈則累數夕而不得輸于州又病其遠此一不便職是歲常散蓄于浮屠之居廊廡皆滿蓋藏弗謹塗塈弗完得毋有以誨盜哉此二不便蓋遅君之

来也久矣君亟圖之吾退而自惟倉廩盖今天下郡縣之先務京師兵儲禄廩之出入一皆仰給于東南茲又為東南之劇歲入之粟他郡莫加厚焉吾邑雖不腆其敢後其所先務耶矧其弊又如此之甚宜陳侯有以告吾也及吾視事之日見吏民問其所疾苦尤為不便者凡幾然而猷計者又皆不出吾陳侯之議也于是訪縣方北得隙地数十畝以營築焉始召民而論其所以作之之意民既病此久矣莫不奔走以聽命咸願治材于家請期日合衆材以成之既而至期倉遂已成予謂二

侯皆能以才名于世所至莫不著見風迹至于興利去害便民皆其所素蓄沛然而有餘矣以沛然有餘之才相與協謀治其因民所欲之役其成也宜其不劳而功、多甚榜曰順民盡得之矣若夫世之從政者利害較然居前畏謗忌諉諰、然不肯一日出其力則有諉曰愛民斯不遠哉夫愛民莫如古又古之人有為豈天作而地生斯亦出于民而已且始視利害之如何豈可為而不為乃曰愛民哉此大不然昔者子産嘗以其乘輿濟人于溱洧孟子謂之惠而不知為政凡以此也向侯亦

以余言為然因刻之于石俾来者考焉時熙寧元年三月十一日將仕郎前守沂州臨沂縣令邴淑記

題常熟縣

遠逼江垠傍海壖落帆多是兩来船縣庭無訟鄉閭富歲歲家收常熟田

○○順民倉記　陳暎

上方駐蹕臨安于時吴門視周畿内漢亜三輔唐同華我舊京之陳鄭也衣冠之所鱗集甲兵之所雲萃一都之會五方之聚土腴沃壤占籍者衆雖前代與全盛時猶

不可同年語府邑之事宜其倍稱況乎府庫之出內獄市之浩穰盖不待較而知者環府之邑五而常熟居其望焉時主客以戶計者八千九百七十有二而今五萬一千一百三十八夏賦金錢為緡二千八百其幣帛疋合萬二千六百而奇弗詳秋租穀粟七萬六千餘斛乃今折帛為緡者十萬二千三百而觧州損其舊二千邑之事其倍稱何如哉今其邑從事于民者如是而邑復瀕海道直故疆沂密萊全齊在望刺利規恢舟師所宿則寔居今日之要害風播連林夜嚴震海資粮巨萬以

日饋給營繕百項以時調度苟有不至責且之塞民兵之事又如是重以府所倚集月四大萬版籍輸要風而寒暑不渝此為令者才或不濟負罪投劾而去者項背相望也則壁記之不列何以自警朝夕庸少惰乎陳暎不佞爰来亦既年所事定得間始閲次中興以来為令者至暎人名氏授受月而日之銘石壁端以告来者噫令秩比京寺月奉逾二萬廪逾四斛歲入圭田直過六百石其碩一己之利害去就而不思其責之塞將不、特能禍其身千室之邑亦必有受其獘者矣而其其敢

墮哉今吾邑之人或知其不敢墮也率以淳厚簡孚交
相為治尚如是愓曰庶乎列名下方其無辱若大邑之
望則有巫咸所止之山太伯所葬之墟言偃所居之里
龔景才所表之閭其風俗之美猶或可槩見而邑之升
置凡附于府者有職方氏在故不記〻其今昔之同異
云

○順民倉常熟縣倉也建于治平二年記于熙寧元年
淳熙元年邑令陳暎重記

○○崑山縣補註題名記　葉子強

崑山秦畯邑也天下壯哉縣五季雲擾四方棊于兵吴越雖保有所屨然詩書仁義之事缺焉國家文經海内始嚴令守淮海王以版圖歸時邊公倣治吴最首賜璽書襃從以来尚旄頭紫微間能即學立夫子廟北門王公元之記故此地翕然趍于文至今好學而知礼尚孝而先信乃有昔之流風焉疆岸海江夷曠沃衍者數百里一山巍然恠石錯立井〻闤闠間又有室屋林壑之勝士大夫自京都来官者樂之覌游詠歌永覺身遠其歆艷者至合省寺賦祖帳之詩由此以相以輔小却言

語侍從之班踵相躡也而其意依然于是二百年間風
流緼藉續〻可紀又建炎閒虜獨不侵薦紳比来樂其
土風而居之宦游間多勝事益號佳邑屬歲縣詩盛来
須入者聞其名相與駭汗若蹈甚畏豈先後難易若是
不同耶亦才術限量之或異耶不然則今之所謂不足
非古所病耶曷其趨違異見如此漢之郎官上應列宿
出宰百里晉之舍人洗馬妙天下選然不更長吏不得
為臺郎今天子重字民之官褒庸旌善使覩聽者以為
榮願力所底爾因仍規畏其可哉子強至之踰年勞于

耳目思慮之外乃喟然而歎信學力之未至則諏諸前人以矩範焉然所傳止自崇观間益稽史牒碣識得自雍熙以次五十有六人序而鎸之石尚俾来者知前輩優游庠幾勉之淳熙丙申六月縉雲葉子强記并書丶

○崑山縣在府東北七十里

○○嘉定十年置補註省劄

朝請大夫集英殿修撰知平江軍府事趙彦橚奉議郎提舉兩浙西路常平茶塩公事兼權提點刑獄公事王棐奏照對平江府管下五縣其境土廣袤無如崑山而

頑獷难治亦無如崑山詳攷其故蓋崑山為邑一十四鄉五十二都東西相距幾二百餘里縣治以遷就馬鞍山風水僻在西北故西七鄉與官司相接稍稍循理自崑山縣治東至練祁七十里自練祁至江灣又七十里通計一百四十里其間止有商量灣楊林兩寨又皆不足倚仗故東七鄉之民憑恃去縣隔絕敢與官司為敵不奉命令不受追呼毆擊承差毀棄文引甚而巡尉會合亦敢結集千百挾持器杖以相抗拒習成頑梗之俗莫可誰何其害有三爭競鬭毆烧劫殺傷罪涉刑名事

千人命合行追會不伏赴官至有經年而不可決者此
獄訟淹延之害浜江旁海地勢僻絕無忌憚之民相挐
而為寇公肆剽掠退即窩藏殆成淵藪此劫盜出沒之
害豪民慢令役次難差間有二十餘年無保正之都両
稅官物積年不納只秋苗一色言之歲常欠四萬餘石
其他類是此賦役扞格之害有此三害崑山遂為难治
之邑其来非一日矣蓋縣方百里而茲邑廣袤倍焉以
一令臨之制馭必有所不能及養成頑惡亦地勢使然
昨于嘉定七年准尚書省行下備白劄子陳乞欲于練

祁市添置一縣本府已嘗委長洲縣婁主簿吴縣丘縣
丞兩到練祁相視利害據各官所申亦以為合置一縣
但恐有起蓋廨宇等費且先添置一尉然東七鄉之稹根
深蔕固決非邑尉之畀所能聳動察其理勢莫若置縣
之為利便今斟酌事宜欲割崑山西鄉之安亭併東鄉
之春申臨江平樂醋塘凡五鄉二十八都為一縣就練
祁要會之地置立縣治以嘉定為名所有東鄉惠安新
安湖州及西鄉朱塘積善全吴沺川武元永安凡九鄉
二十四都仍屬之崑山縣所有其他張官置吏事件並

欲照紹興府新昌縣處州慶元縣創置一般体例參酌
續次申請施行如蒙朝廷擬照事宜特從今來所乞庶
使近畿之邑無不率化之民寇盜可弭賦役可均于公
于私皆有利益寔郡縣幸甚十二月九日奉聖旨依仍
令浙西提刑司平江府條具合施行事宜申仍公共選
辟清疆有心力之人充知縣一次

○嘉定縣在府東北一百四十里

○○　闔閭墓　　王禹偁

惜哉吴王墓秦帝嘗開破應咲埋金玉千年賈為禍不

待虎跡消已聞鮑車過又是驪山頭炎〻三月火
○吳王闔閭墓在虎丘山劍池下吳越春秋云闔閭葬
于國西北虎丘穿土為山積壤為丘發五都之士十
萬人共治千里使象摙土鑿池四周水深丈餘銅槨
三重傾水銀為池〻廣六十步黃金珠玉為鳧鴈扁
諸之劍魚腸之干在焉葬之三日金精上揚為白虎
據坟故曰虎丘越絶書云闔閭塚在閶門外虎丘下、
●池廣六十步水深一丈五尺銅棺三重澒池六尺玉
鳧之流扁諸之劍三千方圓之口三千盤郢魚腸之

劍在馬發卒十餘萬人築治之葬之三日白虎居其
上二説畧有同異顧墳丘中事又古今遼絶無所考
騐今兩存之

○○題吴孫王墓　楊友夔

闔閭城南荒山之丘昔誰葬者孫豫州久無過客為下
馬時有牧童来放牛居然珍宝出光怪識者夜見踪其
由玉環金盌到城市土花不蝕餘千秋州家廉問亟封
守賊曹掩骼窮姧偷已知其中有可欲亦恐未免無窮
憂當時義師奮四海少日已無袁與劉英雄異世凜如

在暴露母乃爲神羞人生浮脆無可料螻蟻烏鳶從所
求高陵勸爾一盃酒自古南山能錮不

吴都文粹卷第九

吳都文粹卷第十

宋　蘇臺鄭虎臣集編

滕宬

吳孫王墓記

出盤門三里有高塚或得其冢磚有文在側曰萬歲永藏問其傍老人曰孫王墓也又曰孫王長沙王也或傳其先世之説盜嘗發取藏金玉未竟敗獲有碑已斷缺不全止辨有中平年三字後掩之後郡置窰其傍取土為磚殖號官窰後有授民田牧其上前常平使者創叢冢建齊昇院與孫墓相附近院甫成會從他官將去職

一日始得其事立命其屬表之為之表者不暇詢攷題
曰先賢墓令使者以為失事寔不可示久遠即命吴縣
主簿劉允武訂其事乃具條所得冢傍老人之言以報
屬宬記之按陳壽志長沙王字伯符始受漢爵為吴侯
大皇稱帝追封長沙威王而其子紹嗣封於吴此墓當
盜伐時有楊友夔舜韶者作詩弔之乃以為孫破虜墓
陳壽志破虜薨葬曲阿楊詩固已差謬則所傳長沙王
者幾是按中平元年朱雋表破虜為佐軍司馬討張角
楊蓋據碑有中平年字故定以為破虜而不考其史江

表傳載破虜爲雋佐軍由家壽春長沙王方十餘歲已
能與知名士交周瑜自舒來壽春勸王徙舒則碑之所
稱或謂王也又壽志及裴松之所補孫氏自破虜而下
皆出所葬地獨王不言葬而王之薨其將周瑜呂範皆
赴喪于吳至大皇始用張紘計自吳徙秣陵則王之葬
當在吳也然碑今既不存故訂而表之其傳曰孫王
墓者從俗稱也舜韶序其詩又稱盜所得冢中物有東
西銀杯金搔頭握臂尾薰罏中灰炭猶存其物皆歸朱
勔家實政和丙申也前使者姓詹氏名體仁字元善今

使者姓徐氏字子宜紹熙三年三月日記
○吴孫王墓在盤門外三里政和間村民發墓磚皆作篆隸為萬歲永藏之文得金玉瑰異之器甚多有東西銀杯初若爍花良久化為腐土又得金搔頭十数枚金握臂二皆如新并尾薰爐一枚而近世陸墓所燒畧相似而箱底有灰炭如故父老相傳云長沙王墓按長沙王即孫策又恐是其母若妻郡守聞之遽命掩塞所得古物盡歸朱勔家洪芻香譜亦畧載此事郡人楊友夔為詩序其事為詳但直指以為堅墓

故有高陵之句按史堅自葬曲阿紹熙辛亥提舉常平張體仁始加考訂以為孫氏疑墓姑從鄉人謂之孫王墓又命郡人舉賢良方正滕宬記其事復以史考之定為孫策所葬與世俗長沙王之說稍合今皆錄之

○○梁鴻墓　陸龜蒙

先生為五噎噫之歌漢天子聞而病諸南走乎大江之波客臯氏之宇下志沉潛而靡他自吳槩以舉曰夫人之勤亦多不懷志于将没適乎道之無頗比要離之烈魄

冢雖夷而不磨嗟余後先生之千祀聊奉奠而来過俯
灌地而仰語顧先生之謂何心褊性誕客他人之宇下
不得故力耕而自獲所以法先生之義者庶五噎之可學

○梁鴻墓在金閶亭南臯伯通以要離烈士梁生清高
因附葬之吴地記云在泰伯廟南與要離墳相並陸
龜蒙云伯鸞墓在吴門金閶亭下幾一里嘗作文以
祭焉

○○江纂墓　孫起卿

冢有古篆碑近自田家獲藏之五六年未甚見省録古

苔侵文理封結殆莫識偶然嗟其窮一一爲磨剔始若漫無文細尋適可讀文云晋江纂長夜垂兹刻貞石殊不用塊然但埏埴合葬無别銘背面書反覆一字不涉筆本枝記明白二父遂兼書于逌乃宗嫡誌云養父本父逌也諶考諸晋史藊真是小出入字畫亦險勁然不類鐫斲漢魏尚豐碑此獨何褊迫豈時丁喪亂不暇加品式于時義熙季歲次寔庚戌五胡剖中原典午竄南極苟簡理宜爾寧詒不考責審訂既昭然疑去喜自適歷年七百餘瞥爾駒過隙名節苟不傳埃化先尾石冥兹當眼前

用代銘几席

○江纂江道子也木瀆孫起卿頃于天平山下地名上

沙獲墓碑乃以大方磚刻之字畫俱存與石無異

○○真娘墓　譚銖

虎丘山下冢纍纍　松柏蕭條盡可悲何事世人唯重色

真娘墓上獨留詩

真娘墓　白居易

真娘墓虎丘道不識真娘鏡中面唯見真娘墓頭艸霜

推桃李風折蓮真娘死時猶少年脂膚荑手不牢固世

間萬物難留連難留連易銷歇塞北花江南雪

前題有序　李紳

真娘吳之妓人歌舞有名者死葬武丘山寺前吳中少年從其志也墓多花草以蔽其上嘉興縣前亦有吳妓人蘇小〻墓風雨之夕或聞其上有歌吹之音詩曰

一株繁艷春城盡雙樹慈門忍草生愁態自隨風燭滅愛心難逐雨花輕黛銷波月空蟾影歌息梁塵有梵聲還似錢塘蘇小〻秖應回首是卿〻

王禹偁

女命在于色士命在于才無才無色者未死如塵灰虎丘真娘墓止是空土堆香魂與贜骨銷散如黄埃何事千百年一名猶在哉吴越多婦人死即藏山隈無色故無名丘冢空崔嵬唯此真娘墓客到情徘徊我是好名士爲尔傾一杯我非好色者後人無相咍

楊循

氷肌玉骨有遺妍粉作嬌雲黛作烟知有香魂埋不得夜深巖底月中仙

○真娘墓在虎丘寺側雲溪友議云吴門女郎真娘死

葬虎丘山時人比之蘇小〻行客題墓甚多

〇周先生住山記　令孤楚

先生姓周氏名隐遥字息元宗其道者相號為太玄先生汝南人也抱天和冲澹之氣含至精潔朗之質玉冷泉润松高鶴閑鞱精守道冥得真契谷神既存而長守玄関無鍵而不開貞元初游蘇州吳縣之包山林屋洞秋八月始于洞西得神景观訊其居者曰距此数里世傳毛公塢毛公道成羅浮居山三百餘歳有弟子七十二人聚石為壇遺址猶存尓能勤求吾請導之既行而

蘿篠迷密不知所往先生冥目久之逢一物焉雙眸盡
碧毛色紫而本白高数尺餘隨而行之視乃鹿也須臾
乃跪止若有所告先生默記之而還至十九年冬剃木
鬋茅奠厥攸居得異石一方上有虫篆驗之即毛公鎮
地符也既而鑿户牖以爲竇有鶴御冠裳戲舞于庭砌
後得一井香白滑甘溢爲白泉其傍得古池焉深廣袤
文〔丈〕陽愆陰伏湛如也初先生嘗息于洞之南門中神化
恍惚往往失其所在遇好風日亦来人間將至必先之
以雲鶴其弟子洒掃香室俄而至矣嗟乎先生之体同

乎無體矣不以晝夜更動息不以寒暑易織厚不食而甚力走及奔馬全乎氣者也雖飲而無漏正如靈龜外、乎形者也鹿以導步神柔異物也符以存視道契先躅也井泉去厲昭乎仁也池水不枯齊其慮也仙雲靈鶴之驗去来髣髴之狀其必神行而著知乎予叔服膺先生之門二紀于茲錄先生本起見命為記凝神遐想直而不遺元和十三年八月華州刺史兼御史中丞令狐楚記

○隋周隱遥洞庭山道士自云甪里先生之孫山上有其

祖角里村言其世數人得道隱遥學太陰鍊形死于崖窟中囑弟子曰撿視我尸勿令他物相干六年後當更生當以衣裳迎我弟子守視初甚臭穢虫壞唯五臟不變如言閑護之至期往視身已全起坐弟子湯沐以新衣迎歸髮鬢而黑髭麄而直若獸鬣焉十六年又死如前更七年復生如是三度已四十餘年且八十歲狀貌如三十許人隋煬帝召至東都尋懇還本郡唐正觀中召至長安館于内殿問修習之道對曰臣所修者匹夫之事功不及物帝王一言之利

萬國蒙福得道之效遠于人臣區〻所學非萬乘所
宜問也復求歸山詔遂其所適出仙游拾遺

○○呂真人感應記　趙彥清

昔陽大明南安名士也孝純篤出于天性親喪廬墓而
上帝昭鑒遣呂真人贈詩遺藥以荅其誠郡守既嘗表
于朝又刻石傳于世予竊謂神仙在渺茫恍惚之間安
得與人接始疑而未之信乎江之常熟海嵎山北十七
里絕頂有僧慈悅結廬于白龍祠之側向得水腫疾屢
投藥石不療一日有客自云姓回忽至龍祠音容異常

徐而入見慈悅甚憐其病遂以指甲劃其股腹水即潰而瘇消又以藥一彈丸教用商陸根煮湯服之且語慈悅壽至八十有五不踰兩日其疾遂痊慈悅初不信其為何人也後兩月餘有客云來自臨安因觀補施至此以畫一軸授慈悅曰吾所畫也須臾而去及展視之乃薜荔所覆呂真人之像方悟前日姓回者即呂也慈悅奉于龍祠三十年其不懈如一日凡有祷祈隨即感應里人莫不愛重之天而使真人來治其病其事亦類于陽君也歟夫人患不誠不信誠可以開金石信可以及

豚魚况于神仙乎余因祷龍祠慈悦以此告余既以釋我之疑而且有感也故刻石以記之

○隆興間常熟縣海嵎山頂有僧慈悦者患水腫病醫藥弗效一日有客自云姓回憐悦病以指爪劃其股腹水潰腫消又授以藥且云壽至八十五後兩月又有客以画授悦曰吾所画也須臾而去展視乃呂真人像方悟前所姓回者即呂也

○○遷題三首　林遇賢

楊子江頭浪最深行人到此盡沉吟他時若遇無波處

還似有波時用心
門前綠樹無啼鳥庭下蒼苔有落花聊與東風論箇事
十分春色屬誰家
心門增道氣忍事敵灾屯謹言終少禍節儉勝求人
○遇賢姓林氏東禅院僧飲酒無筭鄉人目曰林酒仙
口中可容双拳閙有異事每出人群聚觀之能自圖
其形無毫釐不肖好吟詩語雖俗有理致詩如此類
甚多不具錄今其真身塑于院中
○○題西湖一山寺壁　　僧惠詮

落日寒蟬鳴獨歸林下寺柴扉應未掩片月隨行屨唯
聞犬吠聲又入青蘿去

和韻　蘇軾

唯聞烟外鐘不見烟中寺幽人夜未寢草露湿芒屨唯
應山頭月夜夜照来去

○惠詮吳僧體垢汚而詩絕清婉嘗書西湖一山寺壁
曰云云蘇文忠公和于後云云詮遂以詩知名

○○題臨平會蘇子瞻　僧道潛

風蒲獵獵弄輕柔欲立蜻蜓不自由五月臨平山下路

藕花無数滿汀洲

又

隔林髣髴聞机杼知有人家住翠微

贈妓

寄語巫山窈窕娘好将魂夢惱襄王禪心已作沾泥絮

不逐春風上下狂

道潛吴僧有標致效陶靖節爲詩嘗自姑蘇歸西湖

經臨平作詩云云蘇文忠公赴官錢塘得詩大稱賞

一見如舊識嘗有詩曰云云蘇公曰此吾師十四字

師號也蘇公移守東徐潜訪之館逍遥堂士大夫争
欲識面餼罷客俱来紅粧擁随之遣一妓前乞詩援
筆立成一座大驚自是知名冷齋夜話

○○適題　　僧道川

我有一條鉄榔標縱横妙用無人識臨行撥轉上頭関
轟起一聲春霹靂

○道川本崑山縣弓手瞿超以勇力名方被差捕賊宿
廟中忽有所得徑投山西東斋出家徧游江湖間道
遇虎不爲動虎亦馴伏其傍一日大書四句云云危

坐蛻去有注金剛經其徒傳誦之

○○送文暢北游　　韓愈

昔在四門館晨有僧来謁自言本吴人少小學城闕已窮佛根源粗識事輗軏攣拘屈吾真戒轄思遠發鶱紳秉筆徒聲譽耀前閥從求送行詩屢造忍顛蹶今成十餘卷浩汗羅斧鉞先生閔窮巷未淂窺部劂又聞識大道何路補剠刖出其囊中文滿聽寔清越謂僧當少安草序頗排訐上論古之初所以施賞罰下開迷惑胸窙豁劚株橛僧時不聽瑩若飲水救渴風塵一出門時日

多如髮三年寓荒嶺守縣坐深樾徵租聚異物詭製恒
巾職幽窮共誰語思想甚含噦昨来得京官照壁喜見
蝎況逢旧親識無不比鷄壓長安多門户弔慶少休歇
而能勤来過重患安可揭當今聖政初息澤完（寬）珬（賊）犾（戕）胡
為不自暇飄戾逐鶻鷹僕射領北門威德壓胡羯相公
鎮幽都竹帛爛勲伐酒場舞闉姝獵騎圍邊月開張筵
巾（中）宝（寶）自可得津筏從茲富裘馬寧復茹藜蕨余期報恩
後謝病老耕岱庇身指蓬茅逞志縱獫猲僧還相訪来
山藥煮可掘

蘇州四瑞聯句詩序　崔端

觀察推官承奉郎試大理評事崔端撰蘇州四瑞聯句詩序云休祥之出必俟乎時感應之證亦繫乎政〻或未乂物理寧通時既會昌神靈斯格蘇臺四瑞其殆庶乎而況分連牛斗地控江湖壤賦繁劇里門雄盛郡守之選古難其人昔太宗有命俾我良牧吏部員外郎陳公鎮撫之公自下車決政之壅伸民之寃挫猾吏之鋒削刑禁之濫靡勞于力厥功告成嘉瑞荐臻休祥雜沓花房連蕚竹聳双莖白亀見乎崑丘甘露零乎佛廟

甘露降瑞光寺斯乃我后重離繼照有開必先之靈感也歷覌藩邸未有若斯之昭報焉以進士陳公（名堯咨）與南陽茂才張公（名君房字尹方）詩敵者也丁酉孟夏之夕會宿于郡齋酒酣據席言及四瑞且曰非筆墨無以紀郡政而頌聖德由是賡唱迭詠終宴為聯句律詩自十二韻至二十韻四章凡五百八十言

○姑蘇四瑞謂白龜甘露合歡芍藥双竹也吏部員外郎陳省華守郡四瑞並出省華之子堯咨与張君房各賦詩推官崔端為序

隱石詩

幽獨君

青松多悲風蕭蕭聲且哀南山接北山幽隴空崔嵬白日空昭昭不照長夜臺雖知生者樂魂魄安能迴况復念所親痛哭心肝摧慟哭復何言哀哉復哀哉

又

神仙不可學形化空游魂白日非我朝青松為我門雖復隔幽隴猶知念子孫何以遣悲怨萬物歸其根寄言世上人莫厭臨芳尊莊生問枯骨至樂復虛言

又　祭後隱出

幽冥雖異路平昔忝攻文欲知潛寐處山北兩孤坟

祭幽獨君文

李道昌

嗚呼萬古丘陵化無再出君是何人能閑詩筆何代而亡誰人子姪曾作何官是誰仙室寂寞夜臺悲呼白日不向紙上石中隱出桃源三月綠草垂楊黃鶯百囀猶聲斷腸不題姓字寧辨賢良嗚呼痛哉嘆惜先賢空傳經史終無再還青松嶺上嵯峨碧山大唐政集已記詩言痛復痛兮何處覓悲復悲兮萬古墳能作詩兮動天地聲哀怨兮淚沾巾感我皇兮列清酌願常生兮事明

君

題幽獨君　　楊備

金撿書殘石壁雲一名幽獨彼何人春深艸没松門路
泉下詩猶感鬼神
○大曆十三年虎丘寺有鬼題詩隱于石壁之上蘇州
觀察使李道昌異其事遂具奏聞勑令致祭道昌自
爲祭文祭後數日石上復隱出詩一絶即寺山之北
有二墳甚高大荆榛叢蔚詢諸耆艾莫知何人所葬
至今猶存

〇〇

禽暴篇

陸亀蒙

冬十月予視穫于甫里旱稻離々年無以揩憂傷於懷夜不能寐往々聲類暴雨而疾至者一夕凡数四明訊其甿曰鳧鷖也其曹蔽天而下蓋田所當之禾必竭穗而後去曰得無弋羅者捕而耗之耶對曰江之南不能弋羅常藥而得之粺[illegible]上篦下粞塗枝叢植于陂一中千万膠而不飛是藥也出于長沙豫章之涯行賈貨錯歲受于射鳥兒盜興已来蒙衝塞江其誰敢商是藥絶既群鳧恣翔幸不免乎口腹反侵人之稻粱予曰嘻失馭之

民化而為盜閔梁急征商不得行江湖小禽亦肆其暴以害民之物乎俾生靈死乎盜死乎飢吾不知安用馭者為

○陸龜蒙視穫于甫里夜有鳧鷖蔽天而下若風雨所當之禾竭穗而去為作禽暴篇

○○　南翔寺

白雀南翔去不歸惟留空跡在名基可憐後代空王子不絕薰修享二時

○崑山臨江鄉有南翔寺初掘地得石徑丈餘嘗有二

雀飛集其上僧有齊法師者即此地為精舍聚徒居之雀飛来無定方隨飛来處其方必有人来施財作供無一日不驗久之雀去不返僧為之號泣石上忽見題一詩云云因名寺曰南翔寺之西有村曰白雀

○○倚樹高吟　　申徒有涯

仲尼非不賢為世所不容啞啞同舟子不識人中龍溪雪戴落梅寒聲激長松狂来但清嘯一壺隱塵踪

○申徒有涯方外之士嘗携一白磁瓶自陽羨游吳中大風雪中脱衣貰舟沽酒斗餘飲畢大吐同載者惡

之榜舟者逐之有涯挈瓶登岍倚樹高吟云云訖跳身入瓶悄然無跡榜舟者大駭舉瓶碎之無見也他日同濟者見有涯携杖于虎丘劍池側箕踞而坐知其異人不敢通問

○○冢歌　吴女紫珪

南山有鳥北山張羅鳥既高飛羅将奈何志願從君讒言孔多悲怨生疾没命黄壚命之不造寃如之何羽族之長名為鳳皇一日失雄三年感傷雖有衆鳥不為匹雙故見鄙姿逢君輝光身遠心迩何當暫忘

吳王夫差小女曰玉年十八歲童子韓重年十九玉悅之私交信問許為之妻重學于齊魯屬其父母使求婚王怒不與玉結氣死葬閶門外三年重歸問其父母父母曰王怒玉結氣死已葬矣重哭泣哀慟具牲帛往弔玉于墓側形見謂重曰昔尔行之後令二親從王相求謂必從願不圖別後遭命奈何玉左顧延頸而歌曰云云歌畢歔欷流涕不能自勝要重還冢重曰死生異道不敢承命玉曰死生異路吾亦知之然一別永無後期子將畏我為鬼而禍子乎欵誠

所奉寧不相信重感其言送之還冢留三日夜臨出取徑寸明珠遺重曰既毀其名又絶其願復何言哉即節自愛若至吾家致敬大王重既出遂詣王自説其事王大怒曰吾女既死而重造訛言玷穢亡靈此不過發冢取物託以鬼神趨收重重脱走至玉墓所訴玉玉曰無憂今歸白王王粧梳忽見王驚愕悲喜問曰尒緣何生玉跪而言曰韓重来求玉大王不許令名毀義絶自致身亡重從遠還聞玉已死故齎牲帛詣冢弔唁感其篤終輒與相見因以珠遺之不爲發冢

願勿推治夫人聞之出而抱泣正如烟然傳異錄又一說此女名紫珪魂出冢傍見重流涕遂要重入冢三日夜重請還紫珪以徑寸珠并玉壺贈之重齎二物詣夫差夫差大怒紫珪夢見于父以明重之事夫差異之悲咽流涕因赦重以子壻之礼待之搜神記

○○箜篌歌

月既明西軒琴復清寸心斗酒事芳夜千秋萬歲同此情歌宛轉宛轉聲以哀願為星与漢光景共徘徊

又

悲且傷参差淚成行低紅掩翠方無色金徽玉軫為誰
鏘歌宛轉宛轉清復悲願為烟与霧氤氳共容姿
○王敬伯年十八仕為東宮扶侍赴假還都行至吴通
波亭維舟中流月夜理琴有一美人從二小女披幃
而入施錦席于東床設銀鐺雜果命綰髮者酌酒相
獻酬令小婢取箜篌作宛轉歌婢甚羞低回殊久乃
解裙中出黄帶長二尺許以挂箜篌彈弦作歌女脫
金釵扣琴和之歌訖天明分别女留錦四端卧具繡
枕腕囊并佩各一双贈敬伯生以牙火籠玉琴瓜荅

之来日闻吴令劉惠明妾船中失錦及卧具等檢括諸同行至敬伯船獲之敬伯具夜来事及与從者女儀粧并所贈等物令使撿之于帳復得牙火籠巾箱内奩中得玉琴爪令乃以壻礼敬伯厚加贈遺而別敬伯訪部伍人云女郎年十六字麗華去年遇病逝未亡之前有婢名春條年二十許一婢名桃枝年十五皆能彈箜篌又善宛轉歌相継而死

○○吴中紀詠　白居易

吴中好風景八月如三月水荇葉仍香木蓮花未歇海

天微雨散江郭纖埃滅暑退衣服乾潮生舸舫活西衢
漸多暇亭午初無熱騎吏語使君正是遊時節

其二

吴中好風景風景無朝暮曉色萬家烟秋聲八月樹舟
移絃管動橋擁旌旗駐改號齊雲樓重開武丘路況當
豐歲熟好是歡游處州民勸使君且莫抛官去

次韻　　崔融

洛渚問吴潮吴門想洛橋夕烟楊柳岸春水木蘭橈城
邑南樓近星辰北斗遥無因生羽翼輕舉託還飈

過蘇州　蘇舜欽

東出盤門到眼明蕭々疎雨更陰晴綠楊白鷺俱自得近水遠山皆有情萬物盛衰大意在一身羈苦俗人輕無窮好景無緣住旅棹區々暮亦行

經闔閭城　杜牧

遺蹤委衰草行客思悠々昔日人何處終年水自流孤烟村戍遠亂雨海門秋吟罷獨歸去烟雲盡慘愁

憶春草　劉禹錫

館娃宮外姑蘇臺鬱々芊々撥不開無風自偃君知否

西子裙裾曾拂来

遊山　　　　蘇舜欽

上春游南峯出自閶扉西崎嶇緣田塍時又涉狹磎午
初至峯下先讀爛石碑僧廬頗新鮮丹青晃朝曦云昔
支公居石迹有馬蹄踰嶺到天平上觀右室危蒼壁瀉
白泉對之已忘疲西岩列窓户玲瓏透斜暉嵌然似飣
餖人力安可施朝飡下木瀆市物俗所宜琴臺昔嘗遊
回首憶旧題南向又渡嶺盤屈麋鹿蹊攢身趍宝華未
到聞法鼙松間見廣路平如隱金鎚寺壓西山脚三面

張屏幃夜闃宿虛堂清華無梦思西南登尭峰俗云尭
所基洪川不能没上有萬衆棲中道舍籃輿從者亦汗
衣陸巧步趋健馬莫可追自傷斡軀大而股酸不隨
巖雨洒磴滑惟賴枯節揩四顧物象殊雖困强自持竹
木亘支撑小閣架險梯凌晨過横山蹴踏雲霞低身如
揷翅翼不見鴻鵠畢却視衆林蓊密若蕎麦齊是皆樗
櫟材春發緑翠姿下方紺碧瓦樓殿貼地飛石顧萬頃
湖東与天相迷日炙白烟開風驅銀山移旁過折腰塔
鉄輪盡顛隳道為震霆火烈瓦甓麋未知天之意摧

此将何為迤邐瞰薦福愛此路側池清無一點塵蝦魚
潛琉璃宝積仰修竹整如翠羽旗楞伽屋老朽是亦傳
者非北渡千丈橋柱梟欄傾欹攬衣俯而趋愁為溪風
吹遇勝輙自留　仰嘯中屢遺永言喜詎浪把酒先嘻〻
杖屨閲竒怪瞪眈惟嗟咨及還城中居城人殊未知自
疑身被留暫此梦寐歸紛然著鄙事奔走爭自私向者
却是梦反覆又自疑神明日夜往内顧行者尸何由擺
塵坌榮辱両莫期清泉与白雲終老得自怡

〇〇

和蘇州太守王規父侍太夫人观燈余時以

○劉道原見訪滯留京口不及赴此會二首

蘇軾

不覺朱轓轉後塵争看綉幰錦纏輪洛濱侍從三人貴京兆平反一咲春但逐東山携妓女那知後閤走窮賓滯留不見榮華事空作賡詩第七人

翩翩緹綺走香塵激激飛濤射火輪美酒留連三夜月豐年傾倒五湖春安排詩律追强對蹭蹬歸期爲惡賓墜珥遺簪想無限華胥猶見夢回人

○彭山贈貫之

胡宿

彭山隔重湖落日見孤塔楊舲入空曠烟樹散鵝鴨山中老癯仙萬頃纖芥納乘風落玦唾瞑色遠相荅平生尔汝分磁鉄契已狎萬緣一笑空是處無剩法方舟過谷隱風雨寒霎霎黎明帶星歸尚及齋鼓蹹臨岐戒後會梅熟新秧揷期我散纁楮莫忘鷗盟歃

過吳門　李紳

烟水吳都郭閶門架碧流綠楊深淺巷青翰往來舟朱戶千家室丹楹百處樓水光搖極浦草色辨長洲憶作麻衣士曾為旅棹游放歌隨楚老清宴奉諸侯貞元中余以布

衣多遊吴中常夏卿首爲知遇常陪宴席段平仲李季何劉従周綦毋威十餘輩日同盃酒及余以太和七年領撫會稽則當時賓客群吏樂徒寺僧里客無一人在者至于常公子弟凋喪畧盡

花寺聽鶯入、春湖看雁歯里吟傳徛唱鄉語認歙謳橋轉攢虹飲波通闘鷁浮竹扉梅圃静水巷橋園幽絶渚荒麋苑穿岩破虎丘舊風猶越鼓餘俗尚吴鈎故舘曽閒訪遺基亦徧搜琴臺山木盡香徑佛宫秋帳殿菰蒲掩雲房霧露收苧蘿妖覆滅荆棘鬼包羞風月俄黄埃經過半白頭

元和七年余以校書郎従役再至蘇州時范十五傳正爲郡而貞元中賓客散落半已殂謝及宴而伶人酒徒悉無往日者門客惟令起二人已疾

重来冠盖客非復別離愁

余太和七年赴鎮會

稽劉禹錫為郡則元和中蘇州相識知与不知索　候火
然皆盡河柳衰謝邑居更易乃甚令威之嘆也
分通陌前旌駐外郵水風摇綠旆隄柳引鴻驂問吏子
孫隔呼名礼敬修顧瞻殊宿昔語默過悲憂義感心空
在容衰日易偷還将滄海詔從此布皇猷

軍中冬晏　韋應物

滄海已云晏皇恩猶念勤式燕偏恒秩柔遠及斯人茲
邦寔大藩伐鼓軍樂陳是時冬服成戎士氣益振虎竹
謬朝寄英賢降上賓擬罄周旋礼媿無海陸珍庭中丸
劍鬭堂上歌吹新光景不知晚觥酌豈言頻単醪昔所

感大釀況同忻傾謂軍中士報答何由申

春日自吴門之陽羨道中書事

曹松

勝異恣遊應未遍路岐猶去幾時還浪花湖潤虹蜺斷柳緑村深鳥雀閑千室綺羅浮画檝兩州絲竹會茶山眼前便是神仙事何必煩言洞府間

王禹偁

盡怪吴蘇地瓊花冷不銷時賢臨水國天氣似中朝密逐江雲墮輕隨海吹飄影沉松塢亂片罥葦蓬焦粉拂

龍頭舫繒鋪雁齒橋煑茶收歲計宜稻採民謠拔筍芽先出欺梅蕋自凋誰言未盈尺猶稱不封侯郡守齊黄覇明皇邁帝堯縣官惜歌詠翻恐笑漁樵

自蘇臺至望驛亭人家盡空春物增思悵然有感作此因寄從弟紓　李嘉祐

南浦菰蒲覆白蘋東吴黎庶逐黄巾野棠自發空流水江燕初歸不見人遠樹岫一作依〻如送客平田渺〻獨傷春那堪回首長洲苑蜂火年〻報虜塵

五日公燕　梅摯

虎符初合晚芳天良會难并樂与賢心愧白公求治切
下車三月始開筵
蘇州閭丘江君兩家雨中飲酒　蘇軾
小圃陰〻遍洒塵方塘瀲〻欲生紋已煩仙袂来行雨
莫遣歌聲便駐雲肯對綺羅辭白酒試将文字惱紅裙
今宵記取醒時節點滴空階獨自聞
又
五紀歸来鬢未霜十眉環列坐生光喚船渡口迎秋女
駐馬橋邊問泰娘曾把四絃娱白傅敢将百艸鬪吴王

從今却笑風流守画戟空凝燕寢香

吴中言情寄魯望　皮日休

古来傖父愛吴鄉一上胥臺不可忘愛酒有情如手足
除詩無計似膏肓宴時不輟琅書味齋日难判玉鱠香
爲説松江堪老處滿船烟月濕莎裳

和荅日休　陸龜蒙

菰烟蘆雪是儂鄉釣線隨身好坐忘徒愛右軍遺點畫
閑披左氏得膏肓無因月殿聞移屧秖有風汀去採香
莫問江邊漁艇子玉皇看賜羽衣裳

九月五夜出盤門書呈黃尉　蘇舜欽

紺紬幕見黃金鈎珠璣磊落澄一作冷不流紛紛媚景動波上的的遠勢生一作横沙頭前山漸昏漁唱息唯有疎葦吟窮秋予方弭檝對此景時欲秉興長城游青娥蕩槳忽遠至雖有雅約猶嚬羞練舟鮮明四窓闢蘭酎辛滑佳賓留歌餘清浏貫衆耳笑動姿采生香幬玉盤鱠鱸光一色飣簇肴核隨所搜河斜參倒氣愈浩我起飲子子必酬共知此會不易得邂逅得此難再求區區才智自勞役擾擾塵俗多悲憂巳醉更歌更起舞明日分

散空離愁

邂逅劉公尤于平望之西聯舟夜話叙意

蘇舜欽

昔别蘋初生離謳發清商契濶幾何時遺囀猶在梁我亦遊宦者吴會非我鄉三考一瞬息扁舟此徜徉邂逅通夕語弭棹水中央淡影月照户遥音雁南翔攄意良未盡詎及羅酒漿子去尚千里道路阻且長嶔崎慎所歷無令馬玄黄

林歆

寒食家家踏曉晴好風吹我出重城幾灣野水迎人白
數點家山刮眼明已有鴒原聯秉樂何須鷁尾並橈行
山前父老應相笑爲我頻來學送迎

至吳門示諸弟兼呈伯原教授　林布初

夢寐家山忽五春君恩乞與守符新便推白傳爲前政
更得梁鴻作部民入境喜逢餘秉穗舉杯無復嘆鱸蓴
左司西掖誠非據尤是詩情愧昔人

懷古　許渾

宮館餘基倚棹過黍苗無限獨悲歌荒臺麋鹿爭新艸
空苑鳧鷖占淺莎江上雨來虛檻冷海邊風起遠帆多
可憐國破忠臣死日日東流生白波

疊韻吳宮詞　陸龜蒙

膚愉吳都姝眷戀便宴殿逡巡新春人轉面見戰箭
紅櫳通東風翠珥醉易墜平明兵盈城棄置遂至地

和　皮日休

侵淫尋嶔岑埶厲衛睥睨荒王將鄉亡細麗蔽袂逝
厲揭贊製曳康莊傷荒涼主虜部伍若嬙亡房廊香

吴宫詞二首　杜牧

越兵驅綺羅越女唱吴歌宫盡花聲少臺荒麋跡多茱萸垂晚露菡萏落秋波無遣君王醉满城嚬翠娥

香徑遶吴宫千帆落照中鶴鳴山苦雨魚躍水多風城帯晚莎緑池連秋蓼紅當年國門外誰信伍員忠

懷古送李秀才下第歸江南　劉商

姑蘇臺枕吴江水層級鱗差向天倚秋明雲白萬林空低望吴田三百里當時雄盛何如此千仞無根立平地臺前夾月吹玉簫臺上迎涼撼金翠銀河倒瀉君王醉

灧酒峨冠盼西子宫娃酣態舞娉婷香颸四颯真珠墜
伍員結舌長歔欷忠諫無因到君耳城烏啼晝海霞銷
深掩金屏日高睡王道潛隨伍員死河斗中間瞻王氣
會稽勾踐擁長矛萬馬嗚啼掃空壘尾解氷消真可恥
凝艷妖芳安足恃可憐荒苑雨冥濛麋鹿呦〻遶遺址
君懷逸氣還東吳狂吟日〻遊姑蘇興来下筆倒奇景
瑶盤迸洒蛟人珠大鵬矯翼翻雲動危峰竄後淩天孤
海潮秋打羅刹石月䰟夜當彭蠡湖有時凝思万慮无
霓幢髣髴遊仙都琳琅暗戛玉華殿天香静裊金芙蕖

君聲日下聞来久清聽何人堪敵手我逃名跡遁西林
不得灞陵傾别酒莫使五湖為隱淪年〻三十昇仙人

答章傳　　　　　　　　　　　　　蘇舜欽

廢官旅吴門跡与世俗掃搆亭滄波間築室喬樹杪窮
經交聖賢放意狎魚鳥志氣内自充藜藿日亦飽不圖
名利場有士同所好南閩章其氏傳名字傳道清晨叩
予門踈爽見姿表大篇隨自出爛熳風力老安敢當所
褒讀之欲驚倒開軒延与語指亦有深到平生踏塵京〻
識子恨不早扶踈珊瑚枝本不自雕巧當珍玉府中何

故委衰草秋風還故鄉無或嘆枯槁貴富焉足論令名
當自保

貽卓庵禪師　　王禹偁

陽山々下艸庵深（陽山亦名秦餘杭山）寂々香燈對遠岑莫怪相
看總無語坐禪為政一般心

酧張無夢　　梅摯

一夢浮生無梦身先生真是古之真（莊子曰古之真人其寢不梦其覺無憂）葢函裁得瑤章秘還寄吳門吏隱人（天禧初先生嘗有詩寄前牧宗人李士石刻今存廳右相去三十年予領郡復示佳惠有以見先生之長年南昌之遠派乎）

重荅劉和州　白居易

分無佳麗敵西施敢有文章替左司（和州来詩云蘇州刺史例能詩西掖吟来替左司末云若共吳王鬬百草不知誰是欠西施）隨分笙歌聊自樂等閑篇詠被人知花邊妓引尋香徑月下僧留宿劍池可惜當時好風景吳王應不解吟詩

寄白二十二使君　張籍

三朝入出紫微臣頭白金章未在身登第早年同座主題書今日異州人閶門柳色烟中遠茂苑鶯声雨後新此處吟詩向山寺知君忘却曲江春

吴中書事寄漢南裴尚書　皮日休

萬家無事鏁蘭橈鄉味腥多厭紫蠶江文通集云紫蠶石封也水似碁文交度郭柳如行障儼遮橋青梅蔕重初迎雨白鳥群高欲避潮唯望舊知憐此意得爲傖鬼也逍遥

陸龜蒙

風清地古帶前朝遺事紛紛老寂寥三泖涼波漁蒩動遠祖士衡對晋武帝以三泖冬温夏涼五葺（茸）春草姫（雉）媒嬌五茸吴王獵所茸各有名雲藏野寺分金刹月在江樓倚玉簫不用懷歸忘此景吴王看即奉弓招

憶舊游寄丁倩寺丞　王禹偁

橋映家、柳溼通處、蓮海山微出地湖水遠同天州
没潮泥土沙明蟹火然應隨白太守十隻洞庭船

贈劉暉求詩　蘇舜欽

全吳氣象豪詩思合翹、風雅久零落江山慰寂寥會
将趍古淡先可鎮浮囂好是長吟處霜天有怒潮

除夜寄羅評事同年　王禹偁

歲暮洞庭山知君思浩然年侵曉色盡人枕夜濤眠移
棹燈搖浪開軒雪滿天無因一乘興同醉太湖船

寄蘇州知府蔣密學　胡宿

清德臨藩第二回東南時望滯塩梅武林閒歲移星座

温樹多年直斗魁楚客江山供逸思吴王風月屬高才

空傳宴寢凝香句（公呈中前後題詠好事者多摘佳句傳誦都下）文酒無因得

仰陪

又寄子英學士

臯橋覊旅有梁鴻洛下嚶嚶信未通金谷經爲年少客

滄浪翻作主人翁山川勝氣生吟次風月高情寄飲中

身外不須論得喪倘来軒冕古今同

賀兄之翰寵換蘇郡二首　　蔣之奇

久次含香厭粉闈，懇求茂苑得州麾。却尋舊日池臺勝（蘇臺有池閣之勝，之奇与太尉日遊此），猶憶當年几杖隨（入里下車，修敬日過家上冢致哀）。時應憐二弟，猶羈絆萬里邊沙遠帥熙（之奇兩乞東南一麾，以遂拜掃，皆不允）。

又

早同侍宦向長洲，今擁旌麾訪旧游。自古風流詩酒地，韋蘇州後蔣蘇州。

和答　　蔣之翰

恥向承平便拂衣，鄉邦還得擁旌麾。昔年曾預兒孫列，投老猶疑筆硯隨伯考太尉凡有撰述翰与潁叔必預檢閱或口授書之。潁忠義一門均許國，箕裘萬石亦遺時太尉之後帥邊艮郡者五人矣。朝廷虛日方圖任，功業當看帝載熙謂潁叔也。

又

從来踈拙懶身謀，攬轡登車已倦遊。幸有醉鄉爲樂地，何妨吟嘯老東州。

報白君

報白君，别来幾度江南春。江南春色何處好，燕子双飛故宮道春城三百七十橋夾岸朱樓隔柳條丫頭小兒盪畫槳長袂女郎簪翠翹郡齋北軒卷羅幕碧池逶迤遶畫閣池邊綠竹桃李花、下舞筵鋪彩霞吳娃多情言語黠越客有酒巾冠斜坐客皆言白太守不負風光向杯酒、酣襞牋飛逸韻至今傳在人、口報白君相思空望嵩丘雲其奈錢塘蘇小、憶君淚點石榴裙 白君

白舍人曹長寄新詩有游宴之盛因以酬戲

劉禹錫 有妓近自洛歸錢塘

蘇州刺史例能詩西掖今来替左司二八城門開道路
五千兵馬引旌旗水通山寺笙歌去騎過虹橋劍戟隨
若共吴王鬬百艸不知誰是欠西施

别蘇州　白居易

浩浩姑蘇民鬱鬱長洲城来慚荷寵命去愧無能名青
紫行將吏班白列黎甿一時臨水拜十里隨舟行餞筵
猶未收征棹不可停稍隔烟樹色尚聞絲竹声悵望武
丘路沉吟滸水亭還鄉信有興去郡能無情

蒙恩除替　崔璞

兩載求人瘼三春受代歸務煩多簿籍才短乏恩威共理垂天獎分憂值歲飢遽蒙交郡綬到郡十二箇月除替未及三年安敢整朝衣作牧慚為政思鄉念式微倘容還故里高卧掩柴扉

赴南巴留別蘇臺知己　賈島

人過梅嶺上歲〻北風寒落日孤舟去青山萬里看猿聲湘水靜草色洞庭寬已料生涯事只應持釣竿

○○別蘇州　賀力

徘徊睇閶闔悵望極姑蘇慨矣嗟荒運悲哉惜霸圖子

常終覆郢宰嚭遂亡吳宮毁無巢燕城空有樂烏茲邦
號端委多士自相趨照廡同燕石光車等魏珠言離已
惆悵念別更踟躕若訪任公子求魚東海隅

將之宣城吳門效白樂天體　林希

被詔守東吳夜渡楊子津拭目迎家山洗我京洛塵此
邦多賢豪况復平生親初欲循故事公宴月三旬庶以
叙契濶豈徒樂吾身臨州未閲月吏牘方紛紜避嫌俄
得請主地翻為賓尊酒未重持行樂知何因物理可勝
嘆俯仰跡已陳趣整震澤帆遥挹敬亭春五月而報政

速哉彼齊人今我若置郵何德于吴民舉手謝吴民自笑行役頻使君不能詩煩汝迎送勤來慚白太守去愧謝宣城

疊嶂樓有懷吴門　朱長文

虎丘換淂敬亭山句水松陵數含閶天下难如两州好君恩乞与一身閑慚無牒訴煩敲扑喜有林泉數往還猶想朋雲隐君子思歸時見鬓毛班

送長洲劉少府貶南巴使牒留洪州序　獨孤及

曩子之尉于是邦也徵其跡而峻其政能使綱不紊吏不欺夫跡徵則合不苟政峻則物忤故績未書也而謗及之臧倉之徒得騁其媒孽子于是竟謫為南巴尉而吾子直為子已仕慍不見色於其胸臆未嘗介蔕會同譴有叫閽者天子命憲府雜鞫且廷辨其濫故有後命俾除館豫章俟條奏也是月也艤船吳門將泝江而西夫行止者時得喪者机飛不搏不高矢不激不遠何知去南巴之不為大来之机枯乎由圖南而致九萬吾唯子之望但春水方生孤舟鳥逝青山芳草奈遠別何同

乎道者盡偕賦詩以貺吾子

送許少府之任序　　歐陽詹

始入仕一有縣尉或中或上或緊銓衡評才若地而命之至于緊無得幸而處而于緊中之美者尤难其人今年孝廉郎高陽許君授常熟尉者寔緊中之美君十三舉明經十六登第後三年舉進士皆屈于命去冬以前明經從常調蔭資貴中之乙判居等外之甲既才且地擢以是官夏四月随牒之官玉貌青春芬芳有舊望棠陰而委質鬱蘭陔以辭親征車轔轔所往在目異時九仞由

茲一簣在邦由家不出于忠信許君常以爲己任夫何愠哉士之生懷四方之志軫念于離别非所以爲士也行乎

○○

送從兄立赴崑山主簿序　　權德輿

士君子筮仕之門有以代德庥廕而奉清廟齋祠者及夫試吏就禄與秀才孝廉郎等蓋以舊服流慶後昆宜之其於奨人爲善之義深矣從兄承舄奕簪纓之後荷箴規文誼之訓敏于學行而薄于官名乃今調於天官署崑山主簿以姑胥之通邑士衡之佳句徧舊耕植多依

是閒上有良二千石爲東諸侯表率其餝躬敬事夙夜勤敏推輪積水或在玆乎從弟中書舍人德輿序其所繇俾群從偕賦

贈別　劉禹錫

三載爲吴郡臨期祖帳開雖非謝康樂且爲一徘徊

又

流水閶門外秋風吹柳條從來送客處今日自魂銷

代諸妓贈送周判官　白居易

妓筵今夜別姑蘇客棹明朝向鏡湖莫泛扁舟尋范蠡

且隨五馬覔羅敷蘭亭月破能迴否娃館秋涼却到無
好與使君為老伴歸來休染白髭鬚

和崔諫議歸以六韵賜示因酬獻　皮日休

欲下持衡詔先容觧印歸露濃春後澤霜薄霽來威舊
化堪治疾餘恩可療飢隔花扳去棹穿柳挽行衣佐理
能無取酧知力甚微空将千感淚異日拜黄扉

謹和諫議罷郡叙懷六韵　陸龜蒙

已報東吴政初捐左契歸天應酧苦節人不犯寒威江
上思重借朝端望載飢紫泥封夜詔金殿賜春衣對酒

情何遠裁詩思極微待升鎔造日江海問漁扉

送客歸吳　李　白

江村秋雨歇酒盡一帆飛路歷波濤去家唯坐臥歸島花開灼灼河柳細依依別後無餘事還應掃釣磯

送李司直使吳　張彖甫

使臣方擁傳王事遠辭家震澤逢殘雨新豐過落花水萍千葉散風柳萬條斜何處有離恨春江無限沙

送沈處士赴蘇州李中丞招以詩贈行　杜　牧

山城樹葉紅下有碧溪水溪橋向吳路酒旗誇酒美下

馬此送君高歌爲君醉念君抱材能百二在城壘空山
三十年鹿裘挂窗睡自言隴西公飄然我知己舉酒屬
吳門今朝爲君起懸弓三百斤橐書數萬紙戰賊即戰
賊爲吏即爲吏盡我所有無惟公之指使予曰隴西公
滔滔大君子當思掄群材一爲國家治譬如匠見木礙
眼皆不棄大者麤十圍小者細一指楯櫼與棟梁施之
皆有位忽然塈明堂一揮立能致予亦何爲者亦受公
恩犯處士當有言殘虜爲犬豕常恨兩手空不得一馬
箠今依隴西公如虎傅兩翅公非刺史材當坐巖廊地

處士魁奇姿必展平生志東吳饒風光翠巘多名寺跡煙霞霞秋獨酌平生思因書問故人能忘批紙尾公或憶姓名為説都憔悴

懷吳中馮秀才　　杜牧

長洲苑外草蕭蕭却筭遊程歲月遥惟有别時今不忘暮烟疎雨過楓橋

送張尊師歸洞庭　　許渾

能琴道士洞庭西風滿歸帆路不迷對岸水花霜後淺傍簷山果雨来低杉松近晚移花塢巖谷初寒蓋藥畦

他日相思兩行字，誰人知處武陵溪

又送元畫上人歸蘇州

三年無事客吳鄉，南陌春深碧草長。共醉八門迴畫舸，獨還三徑掩書堂。前山雨過池塘滿，小院秋歸枕簟涼。經歲別離心更苦，何堪紅葉下清漳。

送顧朝暘還吳　李頎

寂寞俱不偶，裹糧空入秦。宦途已可識，歸臥包山春。舊國指飛鳥，滄波愁旅人。開尊洛水上，怨別柳花新。

送僧歸洞庭　顧非熊

江山萬〻重歸去指何峯未入連雲寺先齋越浪鐘島
馨廻棧柏秋色出菴松若救吴人病須降震澤龍

送客還吴　　殷堯藩

吴國水中央波濤白渺茫衣逢梅雨漬船入稻花香海
底通鹽竈山村帶蜜房欲知蘇小〻君始到錢塘

送劉山人歸洞庭　　李頻

却共孤雲去高眠最上峯半湖乘早月中路入疎鐘秋
盡草蛩急夜深山雨重平生心未已不得更相從

即席送許製之曹南省元

梅爛荷圓六月天歸帆高背虎丘烟列時自見成行鴈
別處休聽滿樹蟬賣劍爲賒吴市酒携家猶借洞庭船
待看春榜來江上名占蓬萊第幾仙

吴中寒食送人歸覲

江城寒食下花木慘離魂幾宿投山寺孤帆過海門蓬
散發大雨柳色禁烟村定省高堂後斑衣減淚痕

送羅著作兩浙按刑

使印星車遠舊遊著作嘗宰蘇州吴縣陶潛今日在瀛洲科條盡
脱三千罪囹圄應空十二州籍綬有香籠驛馬皇華無

暇狎沙鷗歸來重過姑蘇郡莫忘題名向虎丘

送人還吴　蘇舜欽

江雲春重雨垂〻索寞情懷送客歸不慣東流促迴棹羨他雙燕逐風飛

送楊中允宰常熟　胡宿

舟舸傍江潯嘔啞遠觸音新科持片玉能政引孤琴羨進宮坊秩榮歸里閈心名參天下隽歌著邑中黔地志連香徑家園帶武林吴山幾屏秀楚水一篙深晚鼓停餘疊秋帆卧午陰平時按方騏後夜望横参陶菊何妨

醉江毫且剩吟悠〻河上別千里鬱朋簪

送顯忠上人歸吴郡

秋風何處起振錫不留行却背嵩雲去迎看淮月生禅通少林默詩得杼山清幾夕巖窓下忘眠聽瀑聲

送唐紫微知蘇臺　梅堯臣

洞庭五月水生寒盧橘楊梅已滿盤泰伯廟前看走馬闔閭城下見驂鸞吴娃結束迎新守府吏趨蹌拜上官曾過楊州能慣否劉郎盞底勸須寬

送李殿省赴任常熟即都尉兄昆　黄鑑

吴山紫翠倚晴空潘令風流向此中雨飽公田方稼稔春生香徑雜葩紅絲鱸銜尾凌波駛赬鯉駢頭薦俎豊玉季情深重睽索南雲延頸極飛鴻

姑蘇行送胡唐臣入幕　郭祥正

登姑蘇望五湖范蠡扁舟竟何在吴王宫殿惟荒墟使君誰何好平恕寬則脂韋猛則虎只今卧治聞黄公更得高才帰幕府願令里巷歌台南風化流行成樂土昔年引對大明殿國論軒軒動人主往持使節臨朔方威霽秋霜愛春雨玉上青蠅誰強指臭端有堊寧傷斧斤

沉偶爾非吾嗟不用東方且為鼠豈聞絕代無佳人何必西施妙歌舞盛傾綠酒鱠肥鱸承詔還投大梁去

送朱伯原秘校

泠〻浣溪水悠〻天際雲〻行水光動水洗雲影分幽人坐卧吟孤絕迥出群資彼雲水秀釋此塵垢紛胡為倏言别扁舟連夜發往登姑蘇臺而望太湖月却尋史遷跡但見蒼烟滅覽古竟論今治具校工拙有才不得施著書貽後世何必腰黄金自享千鍾貴鱸魚秋正熟雲泉味尤美若逢吴市門更訪長生理

送太守晏大夫　　胡宿

畫角城頭向晚悲鄧侯歸旆已臨岐西郊祖帳傾簪紱南國離觳動管絲千里去思歌台父二年遺愛泣吴兒甘棠寂寞江邊路正是清陰蔽芾時

送葉善卷致仕歸吴　　程俱

衛尉新除盖次公便抛簪紱向江東秋鱸正與蓴絲美夜鶴休驚蕙帳空滿腹詩書元未試會心林壑與誰同自憐華髮無歸處慚愧冥冥物外鴻

吴門送客　　許渾

吴歌咽深思楚客怨帰程寺曉楼臺迥一作敻遠鐘江秋管
吹清平湖低水檻殘月下山城惆悵迴舟日湘南春草一
生

送裴二知蘇州　劉放

著書知尚白送客見揶揄積水望江海秋風吹軸轤貴
人千騎長紫綬左魚符遺愛明南國騅轂接舊吴曉霜
繁橘柚過雨熟菰蒲安得如吾子從君飛隻鳧

送錢齊明倅蘇州　蔡肇

一尉東南屈指中雍容車騎舊兒童郎君扇枕家山晚

侍史焚香省戶空十里浮梁晴卧蝀一江春水凈磨銅
三年官滿東吳去為具扁舟破浪風

又

洞庭飛雨打湘絃燕寢凝香思窈然四者難并知我老
七言俱賦為君妍雜花遶徑迎藍轝春鳥喧洲起畫船
閑道山公方啟事重看一鶚在秋天

憶舊游寄劉蘇州　白居易

憶舊遊舊遊安在哉舊遊之人半白首舊遊之地多蒼
苔江南舊遊凡幾處就中最憶吳江隈長洲苑綠柳萬

樹齊雲楼春酒一盃閶門曉嚴旗鼓出皐橋夕閙船舫迴修蛾慢檢燈下醉急管繁絃頭上催六七年前狂爛熳三千里外思徘徊李娟張態一春夢周五殷三歸夜臺虎丘月色為誰好娃宮花枝應自開賴得劉郎解吟詠江山氣色合歸来（娟態蘇州妓名周殷蘇州從事）

夢吴郡水閣寄馮侍御

揚州驛裏夢蘇州夢到花橋水閣頭覺後不知馮侍御此中昨夜共誰游

〇白居易自杭從蘇首尾五年自云兩地江山遊得徧

五年風月咏將残可謂極宦游之適矣其在吴夜游西武丘詩云領郡時將久游山数何(幾)一年十二度非少亦非多蓋一月一遊矣詩中又識侍行客滿蟬態十妓姓名殊不以為嫌又因黄橋夜汎太湖其詩云十隻畫船何處宿洞庭山脚太湖心又自太湖寄元稹詩報君一事君應羨五宿澄波皓月中則是連五日夜泛湖中雖公風俗(格)高邁好事不窘(窘)束亦當時法網尚疎不以為怪古今時異事異有如此其後禹錫守蘇白為河南尹又作憶旧遊詩寄禹錫又有夢水

閣馮侍御詩其眷〻此邦甚厚則知吴在當時爲名
邦樂國能使賢者思之而不忘今録其詩以見一時
人情物態之大畧

○諺曰天上天堂地下蘇杭又曰蘇湖熟天下足湖固
不逮蘇杭爲會府諺猶先蘇後杭説者疑之白詩云
蘇之繁雄在唐時已爲浙右第一矣

○○湖蘇杭三郡
霅川殊冷僻茂苑太繁雄惟有錢塘郡閒忙正適中

○○夢作　楊備

月俸蚨錢數甚微不知從宦幾時歸東吳一片輕波在
欲問何人買釣磯

○楊備郎中天聖中為長溪令忽夢作詩云云意甚異之明道初為華亭令丁内艱遂家吳中樂其風土安之曰悟夢中語嘗效白樂天作我愛姑蘇好十章又作姑蘇百題詩行於世

吳江　陳堯佐

一波渺渺烟蒼蒼菰蒲纔熟楊柳黃扁舟繫岸不忍去
秋風斜日鱸魚鄉

本朝陳文惠公堯佐能為詩世稱其吳江詩云　今
吳江口有鱸鄉亭蓋取公句云

留京師　　王明之

黃金零落大刀頭筯（玉）歸期畫到秋紅錦寄魚風風逆浪
碧簫吹鳳月當樓伯勞我（知）我經春別香蠟窺人徹夜愁
好去渡江千里夢滿天梅雨是蘇州

青玉案題橫塘路　　賀鑄

凌波不過橫塘路但目送芳塵去錦瑟華年誰與度月
橋花院鎖窗朱戶只有春知處　飛雲冉冉蘅皋暮綠

筆新題斷腸句若問閑情都幾許一川烟草滿城風絮
梅子黃時雨

吳都文粹卷第十